행성어 서점

행성어 서점

김초엽 짧은 소설

최인호 그림

마음산책

김초엽

1993년 울산에서 태어났다. 2018년부터 본격적인 작품 활동을 시작했다. 지은 책으로 소설집 『우리가 빛의 속도로 갈 수 없다면』『방금 떠나온 세계』, 장편소설 『지구 끝의 온실』『파견자들』, 중편소설 『므레모사』, 산문집 『책과 우연들』『아무튼, SF게임』, 논픽션 『사이보그가 되다』(공저) 등이 있다. 제43회 오늘의 작가상, 제11회 젊은작가상을 수상했다.

행성어 서점

1판 1쇄 발행 2021년 11월 1일
1판 9쇄 발행 2024년 10월 5일

지은이 | 김초엽
그린이 | 최인호
펴낸이 | 정은숙
펴낸곳 | 마음산책

등록 | 2000년 7월 28일(제2000-000237호)
주소 | (우 04043) 서울시 마포구 잔다리로3안길 20
전화 | 대표 362-1452 편집 362-1451   팩스 | 362-1455
홈페이지 | www.maumsan.com
블로그 | blog.naver.com/maumsanchaek
트위터 | twitter.com/maumsanchaek
페이스북 | facebook.com/maumsan
인스타그램 | instagram.com/maumsanchaek
전자우편 | maum@maumsan.com

ISBN 978-89-6090-700-3 03810

* 책값은 뒤표지에 있습니다.

고통을 주지 않는 것이 사랑일까,
아니면 고통을 견디는 것이 사랑일까.

작가의 말

　짧은 소설들을 한데 모아놓고 보니 유독 단숨에 써 내려간 글들이 많았다. 소재를 정하고 어떤 내용으로 쓸까 몇 날 며칠 끙끙 고민하던 시간은 제쳐두더라도, 일단 첫 문장 쓰고 마침표 찍은 다음에는, 끝까지 단숨에.

　수년 동안 노트에 잠들어 있었지만 어떻게 소설로 옮겨야 할지 도저히 감이 오지 않던 아이디어들이 이상하게도 '짧은' 소설이라는 제약을 걸어주면 스르륵 문장이 되어 풀려나온다. "이렇게 짧은데 완벽한 이야기를 쓸 수는 없을 테니까, 그냥 나에게 좋은 이야기를 쓰자." 그렇게 어깨에 힘 빼고 출발해야 도달할 수 있는, 산뜻한 이야기의 마을이 있는 것 같다.

이 소설들은 모두 그 마을에서 수집해온 이야기들이다. 홀가분히 가벼운 짐만 꾸려 떠난 휴가처럼 이 책을 즐겨주시기를.

2021년 가을

김초엽

차례

작가의 말 6

서로에게 닿지 않도록 조심하면서

선인장 끌어안기 • 15

#cyborg_positive • 33

멜론 장수와 바이올린 연주자 • 41

데이지와 이상한 기계 • 55

행성어 서점 • 61

소망 채집가 • 74

애절한 사랑 노래는 그만 • 85

포착되지 않는 풍경 • 92

다른 방식의 삶이 있음을

늪지의 소년 ● 109

시몬을 떠나며 ● 129

우리 집 코코 ● 139

오염 구역 ● 152

지구의 다른 거주자들 ● 174

가장자리 너머 ● 207

여기에는 오직 당신과 나 두 사람만 있고,
우리는 둘 다 서로의 말을 들을 수 있어요.
그러니 그냥 소리를 내어 대화를 하면 그만이지 않을까요?

서로에게 닿지 않도록
조심하면서

선인장 끌어안기

파히라의 집에 처음 도착했을 때 그곳의 정원은 선인장으로 가득했다. 시각센서가 선인장들의 이름을 인식해 정보창에 출력했다. 프리클리페어선인장, 사와로선인장, 적취선인장, 멜로캑터스와 트리코세레우스…… 키가 큰 것도, 작은 것도, 가시가 뾰족한 것도, 가시의 흔적을 찾기 힘든 것도 섞여 있었다. 수많은 선인장이 어지럽게 심겨진 정원은, 선인장 수집가의 정원이라기보다는 누군가 도심에 잘못 옮겨온 사막의 압축된 풍경 같았다. 집 앞을 스쳐 가는 행인들은 선인장 정원에 익숙한지 시선도 주지 않았지만, 어떤 이들은 걸음이 서서히 느려지

다가 믿을 수 없다는 듯 눈이 휘둥그레지는 것이 보였다.

　나는 이 집의 주인인 파히라가, 무엇과도 접촉할 수 없다는 그가 어떻게 이 많은 선인장을 관리하고 있는지 의문스러웠다. 그리고 다음 순간, 아마도 그 관리가 내가 할 일이 되리라는 것을 깨달았다.

　초인종을 누르자 문이 열렸다. 미리 전해 들은 대로 파히라의 집은 아주 독특한 구조로 되어 있었다. 입구에 들어서자마자 미로 같은 내부 구조가 드러났다. 천장의 복잡한 레일에 매달린 간이 유리벽들이 물결처럼 이동하고 있었다. 내가 앞으로 움직여 갈 때 그 유리벽들은 나에게서 멀어지는 방향으로 조금씩 밀려났다. 현관문에서 거실 중앙으로 향하는 길을 따라 나아가자, 또다시 기묘한 풍경이 시야에 들어왔다. 투명한 유리벽 너머를 가득 채운 수많은 선인장 화분들. 선인장이 차지한 공간은 바깥 정원만이 아니었다. 나는 거실까지 계속해서 이어지는 선인장 화분의 행렬을 지켜보다가 시각센서를 조정했다. 이번에는 거실 한가운데, 기이한 모양의 금속 의자에 앉아 있는 파히라가 보였다.

"코아타 로봇 파견 센터에서 왔습니다."

파히라는 나를 보고 있었다. 머리 위로 높게 틀어 올린 잿빛의 머리카락, 날카로운 눈매, 삐딱한 입꼬리, 꼿꼿해 보이는 태도와 달리 어정쩡하게 굽어 있는 신체. 센서는 짧은 순간에 파히라의 얼굴과 전체 형태를 각인하고 그를 나의 소유자로 입력했다. 파히라는 바스락거리는 특수 소재의 옷을 입고 있었고 센서는 그 옷이 파히라에게 직접 닿지 않도록 피부에서 얼마간 떨어져 있다는 인식 결과를 보여주었다. 표정 분석 결과로 보아 파히라는 지금 기분이 별로 좋지 않다고, 센서가 경고했다. 그때 파히라가 무어라고 중얼거렸고, 그와 나 사이에 있던 유리벽이 천장으로 스르륵 접히며 올라갔다.

"지금부터 당신을 돕겠습니다. 명령하십시오."

나는 파히라를 마주 보며 명령을 기다렸다. 하지만 파히라는 그저 나를 지긋이 노려볼 뿐이었다. 인사도 명령도 없었다.

나는 파히라의 여섯 번째 보조 로봇이었다. 지난 반년간 파히라는 네 개의 보조 로봇을 갈아 치웠고, 그것들은 전부 코어가 처참하게 파손된 상태로 센터로 돌아왔다. 하필이면 로봇 부품 중에서도 가장 중요하고 값도 비싼 코어 부위만 특별히 노려 파손한 것을 보면, 분명 기계의 구조를 잘 아는 사람의 악취미일 거라고 센터 직원들은 혀를 찼다. 파히라의 집, 그러니까 '진공의 집'으로도 알려진 이곳을 살핀 이후에, 나는 파히라에게 기계의 내부 구조를 파악하는 것쯤은 아무것도 아니리라는 사실을 깨달았다.

이 집은 매우 정교하게 설계되었다. 파히라와 물체의 접촉을 차단한다는 목적을 최대한으로 달성하고 있었다. 파히라의 동선을 예측해서 동선상의 어떤 물체와도 충돌하지 않도록 움직이는 유리벽, 미세 공기층을 만들어내는 특수 소재 가구들, 철저한 비접촉 인식 기능을 보유한 가전제품들. 파히라가 집 안에서도 늘 타고 다니는 휠체어에는 커다란 부속장치가 붙어 있었는데 그것은 파히라와 특수 소재 좌석 사이에 비접촉층을 만들어낸다고 했다. 하나같이 다른 곳에서는 본 적 없는 낯선 물건들이었지만, 진공의 집에서 그것들은 마치 처음부터 한 세트로 설계된 설치미술작품처럼 어우러졌다. 끊임없이 드르륵

거리며 위치를 바꾸는 반투명 유리벽들의 움직임조차도 일종의 퍼포먼스 같았다. 그 색감, 배치, 구도에는 한때 세계 최고의 건축가로 이름을 날렸다는 파히라의 미감이 반영된 것이 분명했다.

내가 이곳에 처음 왔을 때 파히라는 무척이나 날이 서 있었다. 그는 나를 함부로 대했고 유일하게 접촉 통증을 덜 느낀다는 발끝을 이용해서 물건들을 밀어 던졌다. 밤이 되면 비명을 지르며 거실을 빙글빙글 돌았고 아침에는 일그러진 얼굴로 나에게 선인장을 재배열하라고 명령했으며, 배열이 지시한 것과 맞지 않다는 이유로 나에게 욕을 퍼부었다.

마흔 살, 경력의 최고점을 달리던 건축가가 수술 후유증으로 하루아침에 어떤 물체에도 닿을 수 없는 상태가 되었다. 그러나 사람이 어느 무엇에도 닿지 않고 살아가는 것은 물리적으로 불가능하기에, 고통은 스물네 시간 그를 조이고 있었다. 그런 사람이 온화한 성격을 지닐 수 없는 건 이해할 만한 일이었다. 하지만 왜 하필 지난 반년일까? 센터에서 준 정보에 따르면 파히라는 그전에 한 대의 보조 로봇을 거의 5년간 썼다. 로봇 파손 사태가 일어난 건 고작 몇 달간의 일이었다. 센터 직원은 나에게 되도록 파손되지 말라고, 하지만 파손을 피할 수 없는 상황이라면, 파히라가 왜 갑자기 로봇들에게 그런 식으로 굴기 시작한 것인지 이유라도 알아오라고 지시했다.

처음에 파히라는 집이든 벽이든 다 부숴버리려는 사람처럼 행동했고 덕분에 나 역시 그 폭력에 휘둘릴 수밖에 없었지만, 내가 파히라의 발길질을 노골적으로 피하자 그걸 눈치챈 것 같았다. 어느 날 파히라가 불만스러운 얼굴로 말했다.

"이봐. 네 주인을 그렇게 피해도 되는 거야?"

"당신이 저를 파괴하려고 하시니까요."

"넌 닿아도 아프지 않잖아. 부서져도 고통을 느끼지 못하잖아."

"아프지는 않죠. 하지만 부서지는 것에 대한 두려움은 느껴요."

"왜?"

"그렇게 만들어졌거든요."

파히라는 내 말을 듣고 잠시 생각에 잠기더니 물었다.

"두려움을 느낀다면, 그것도 일종의 고통인가? 내가 겪는 것과 비슷해?"

나는 파히라의 말을 듣고 생각했다. 아마도 이전 로봇들은 비슷하지 않다고 말했을 것이다. 파히라가 느끼는 고통, 그리고 로봇들에게 입력된 두려움. 그것들은 구분되는 감각이다. 그리고 이전 로봇들은 바로 그 대답 때문에 파손되었을 것이다. 나는 생각 끝에 대답했다.

"제 판단으로는 그렇습니다. 당신은 최대한 접촉을 피하려고 하고, 저는 부서지는 것을 피하려고 하니까요. 엄밀한 의미에서는 다르지만, 기피의 대상이라는 점에서는 비슷하죠."

"그래? 기껏 로봇으로 태어나서 그렇게 벌벌 떨며 살다니. 정말 안타까운 삶이군."

파히라는 멸시 어린 어조로 말하더니, 그날 이후 나를 향한 폭력적인 행동을 그만두었다.

며칠 뒤에 파히라는 무언가 결심한 듯이 집 안을 바쁘게 돌아다니기 시작했다. 그는 집 안의 물건을 하나하나 살펴보고, 나를 불러 물건마다 색색의 태그를 붙이도록 했다. 하루는 누군가 파히라의 집을 찾아와 초인종을 누르고는 한참이나 문 앞에 서 있다가 돌아갔는데 파히라는 한 시간 동안 스크린에 뜬 방문객을 노려보면서도 문을 열어주지 않았다. 또 하루는 누군가 집 앞으로 커다란 트럭을 몰고 왔는데, 파히라는 나에게 이렇게 지시했다.

"빨간 태그가 붙은 물건들을 저 사람에게 넘겨. 지하창고에 있는 것까지 전부."

트럭을 몰고 온 방문객은 나에게 아무것도 묻지 않았고, 파히라도 직접 나가보지 않았다. 내가 문 앞으로 옮기는 물건들이 빨간 태그가 붙어 있는 것이 맞는지만을 확인했을 뿐이다. 나는 하루 종일 물건들을 트럭으로 옮겨 실었다. 거의 박스에 든 잡동사니였는데, 파히라가 아닌 다른 누군가의 흔적 같기도 했다. 파히라가 전혀 쓸 수 없는 '접촉 지점이 많은' 물건들이 대부분이었기 때문이다. 푹신한 쿠션이 달린 의자나 인형, 연필, 커다란 머플러 같은 것들이 그랬다. S라는 이니셜이나, 소영이라는 이름이 붙은 물건도 있었다.

일주일 뒤에는 화물차가 찾아와 지하창고에 남아 있던 더 큰 가구들을 가져갔다. 침대와 가전제품들이었다. 또 열흘 뒤에, 파히라는 자신이 얼마 전까지 사용하던 물건들에도 태그를 붙이라고 지시했다. 이번에는 큰 차를 가져와 한꺼번에 많은 물건을 실어가는 사람은 없었고, 한 명이나 두 명 정도의 사람이 찾아와 물건을 하나씩 가져갔다. 나누는 대화로 추정하건대 그들은 파히라의 소장품들을 특정 연구 목적으로 구매하는 것 같았다. 아주 오래전부터 계획된 일인 것처럼 모든 것이 기계적으로 진행되었다.

집 안의 물건들을 처분하는 과정에서 나는 파히라가 자신의 촉각에 대해 스스로 연구한 흔적들과, 비접촉 기술에 대한 아이디어를 메모해둔 자료를 발견했다. 파히라는 어느 날 그 자료들마저 모아 처분했다. 사람을 한 명 불러 자료가 담긴 상자를 넘겼는데 그는 파히라와 전혀 모르는 사람 같았다.

"더 태울 것은 없나요?"

그는 집 안의 선인장 화분들을 은근히 눈짓했다. 파히라는 잠시 생각하더니 고개를 저었다.

파히라는 선인장들을 마지막까지 처분하지 않았다. 그것들

을 돌보거나 들여다보지도 않으면서 내버려두었다. 나는 식물 관리 프로그램을 센터 네트워크에서 다운받아 선인장들을 모두 등록했고, 센서가 물을 주어야 한다고 메시지를 띄울 때마다 물을 주었다. 하지만 선인장의 특성상 물을 주거나 영양제를 꽂아주어야 하는 날은 드물었다. 선인장들은 파히라의 무관심 속에서도 잘 자랐다.

파히라가 선인장을 제외한 집기를 거의 다 처분했을 때쯤, 두 명의 방문객이 파히라의 집을 찾아왔다. 이제 집 안에 처분해야 할 물건은 거의 남아 있지 않았다. 나는 그들이 선인장들을 한꺼번에 사러 온 선인장 수집가일지도 모른다고 생각했지만, 예상과 달리 파히라는 나에게 지시했다.

"저 사람들에게는 문을 열어주지 마."

한 달 전에도 그들이 찾아와 문 앞에 한참이나 서 있었다는 사실을 떠올렸다. 나는 센서로 스크린 화면을 확대해보았다. 그들이 입은 옷 주머니에 로고가 새겨져 있었다. 에덴 보육원. 파히라는 그들을 완전히 무시하고 집 안을 돌아다니다가, 걸려 온 전화를 받고 통화를 하기 시작했다. 이 집을 살 의사가 있는 사람을 찾은 것 같았다.

그날 밤 파히라는 휠체어를 끌고 거실로 오더니 자리에서 일어났다. 그동안 나는 파히라가 그렇게 일어서는 것을 본 적이 없었다. 갑작스러운 행동이었다. 바닥에 파히라의 맨발이 닿았고 그의 얼굴이 고통으로 일그러지기 시작했다.

"지금부터 나를 제발 내버려둬."

명령이면서 애원 같기도 한 말이었다.

"무슨 일을 하시려는 건가요? 제가 도울 것이 있을까요?"

파히라는 대답하지 않았다. 파히라는 비접촉식 리모컨 위에서 어떤 손동작을 취했고 그와 동시에 이 집을 미로처럼 만들던 유리벽들이 천장으로 접히며 올라가기 시작했다. 휑해진 거실 옆으로 키가 큰 선인장 화분의 행렬이 드러났다. 그것들 대부분은 크고 날카로운 가시를 가지고 있었다. 무기고와도 같은 풍경이었다.

파히라는 화분들 옆으로 걸어갔다. 나는 문득 파히라가 무엇을 하려는지 알아차렸다. 내가 미처 파히라를 막기도 전에, 파히라는 팔을 크게 벌려서, 자신보다도 더 키가 큰 선인장 하나를 끌어안았다.

긴 가시가 날카롭게 파히라의 살갗을 짓누르기 시작했다. 가시들은 파히라의 팔을, 뺨을, 옷 안쪽 피부를 파고들었다. 파히라는 비명을 질렀다. 그는 고통스러워하며 쓰러졌고 화분들은 와장창 소리를 내며 엎어졌다. 긴 선인장들이 파히라의 몸 위로 와르르 무너져 내렸다. 흙이 바닥으로 흩어졌다. 어떤 선인장은 목이 부러졌고 쓰러진 파히라의 옆으로 부러진 선인장 일부가 굴러갔다.

가시, 핏자국, 깨진 화분 조각들.

나는 구조대를 호출했다. 전화가 걸리지 않았다. 나는 현관문을 열고 밖으로 다급히 나갔다.

사람들에게 도움을 청하기 위해 나왔을 때, 낮에 돌아간 줄 알았던 여자들이 아직도 문 앞에서 차를 세운 채 기다리고 있다는 걸 알았다. 나는 징계 처분을 받게 될 줄 알면서도 저택 문을 열었고, 그들은 얼른 안으로 들어가 파히라의 상태를 확인한 뒤 구급차를 호출했다. 병원으로 옮겨진 파히라는 진정제를 맞고 무감각의 세계로 빠져들었다.

잠든 파히라를 보면서 여자가 나에게 설명했다.

"파히라는 아주 오랫동안 우리 보육원을 후원했었죠. 그 병을 얻은 이후 한동안 소식이 끊겼다가 다시 나타난 파히라에게, 우리는 소영이라는 아이를 소개해주었어요. 마침 파히라와 같은 접촉 증후군이 있는 여자아이가 보육원에 있었거든요. 파히라보다는 경증이어서 일상생활이 가능했지만, 또래 아이들과 쉽게 어울리지는 못했어요. 실수로 누군가와 살갗만 살짝 스쳐도 고통에 일그러지는 얼굴을 보다 보면, 아무리 선량한 아이여도 쉽게 다가갈 수는 없게 되지요. 하지만 소영은 보육원을 찾아오는 파히라와는 아주 쉽게 친해졌어요. 서로가 서로를 어떻게 대해야 하는지, 얼마만큼의 거리를 두어야 안전한지를 잘 알고 있었죠. 소영은 접촉 증후군을 갖고 살아가는 게 어떤 것인지, 무엇을 조심해야 하는지, 어떻게 하면 아프지 않은지를 파히라에게 차근차근 알려주었어요. 자신과 파히라가 마치 선인장 같다고 말해준 것도 소영이었어요. 쉽게 껴안을 수는 없지만 그래도 꽤 멋진 모습을 보라고 하면서요."

나는 듣고 있다는 의미로 고개를 끄덕였다.

"그때부터 파히라는 자신의 집을 개조해서 비접촉 상태를 유지하며 살아갈 수 있는 환경을 만들기 시작했지요. 정원과 집 한쪽 공간에는 선인장을 잔뜩 심고요. 파히라는 주말마다 보육원을 찾아오면서도 끝까지 소영을 입양하겠다고 말하지는 않았어요. 그 자신이 항상 누군가의 보조가 필요한, 누군가를 양육할 수 없는 상태라는 걸 크게 신경 썼거든요. 소영이 나이가 다 되어 보육원에서 나가게 되었을 때, 파히라는 자신의 집에 소영을 기꺼이 들였지요. 두 사람은 서로에게 언제나 약간의 거리를 두면서, 서로에게 닿지 않도록 조심하면서 때로는 가족처럼, 때로는 친구처럼 지냈어요."

"지금 소영은 어디로 갔나요?"

나는 파히라가 혼자 있다는 것을 떠올리며 물었다.

그 말에 여자는 슬픈 얼굴을 했다.

"소영은 반년 전에 죽었어요. 몸속에서 자라나던 병을 너무 늦게 발견했지요. 통증은 그 두 사람의 일상이었고, 그래서 오히려 낯선 고통이 보내는 신호에 무감각해질 수밖에 없었던 것이죠. 파히라는 소영이 '아프다'고 말한 것에 충분히 주의를 기울이지 않은 것을 너무나 괴로워했어요. 소영의 죽음이 자신 탓이라고 생각했지요. 소영이 죽은 이후, 파히라가 그 일에 대해서 누군가에게 말한 건 단 한 번뿐이었어요. 오랫동안 알고 지냈던 기자와의 인터뷰, 이게 다예요."

여자는 영상을 보여주고, 나는 파히라가 말하는 장면을 본다.

"죽음을 앞두고 그 애는 말했어. '파히라, 내가 당신을 한 번만 안아봐도 될까요? 딱 한 번만요.' 나는 팔을 벌려 그 애를 안았어. 끝까지 안고 있었지. 비명을 참고 눈물을 참으며, 피부 표면을 칼로 베어내는 것 같은 통증을 느끼며. 고통을 주지 않는 것이 사랑일까, 아니면 고통을 견디는 것이 사랑일까 생각하면서. 의사가 결국 참지 못하고 소리를 지르는 나를 그 애에게서 떼어냈을 때 나의 얼굴은 괴로움으로 마비되어 있었고 시트는 눈물범벅이 되어 있었어. 그리고 그 애는 이미 십 분 전 숨을 거둔 상태였지. 그때 나는 불행히도 나에게 고통이 곧 사랑이라는 것을 알았어."

파히라는 적막한 그의 집을 돌아보며 말한다.

"그래도 그 사랑을 감수하고 싶은 사람이 있었지."

짧은 침묵 끝에 파히라가 덧붙인다.

"이제는 아니야."

집이 팔렸다는 소식이 전해진 이후, 소문을 듣고 찾아온 사람들이 파히라의 집에 가득하던 선인장들을 나누어 가져갔다. 화분뿐만 아니라 땅에 심겨 있던 선인장들을 파내어 트럭으로 실어가는 이들도 있었다. 파히라의 거대한 선인장 정원이 조금씩 잘려나가는 모습을 지켜보면서 나는 그 선인장들이 자신의 몫을 다했다고 생각했다. 파히라는 선인장들을 끌어안음으로써 선인장들과 완전히 이별한 것이었다.

진공의 집은 당분간 원형대로 보존되어 접촉 증후군을 가진 사람들을 위한 설계의 연구 자료로 이용될 것이라고 했다. 파히라는 나에게 이 집에 남아 다음 집주인과 계약할 것인지, 아니면 파견 센터로 돌아가기를 원하는지 물었고 나는 센터로 돌아가겠다고 대답했다.

"이 집이 마음에 안 들었어? 난 네가 여기를 꽤 좋아한다고 생각했는데."

이곳을 좋아했다고 대답하고 싶었지만 그건 진심이 아니었으므로 그러지 못했다. 나는 내가 할 수 있는 가장 복잡한 감정 표현, 즉 애매하게 웃어 보이는 행동을 했고 파히라는 마치 내 마음을 이해하기라도 한 듯 미소 지었다. 그건 내가 파히라에게서 처음으로 보는 미소였다.

"파히라, 당신은 이제 어디로 가나요?"

"아주 먼 곳으로 가기로 했지."

"이 나라가 아닌, 다른 어딘가로요?"

파히라는 대답하지 않았고, 그래서 나는 파히라가 가려는 곳이 해외도 어디도 아닌 그보다 훨씬 더 먼 곳이라는 사실을 알았다.

#cyborg_positive

아이보그 사에서 홍보 모델 제안이 온 건 3주 전이었다. 리지가 고민을 거듭하다가 생각할 시간이 필요하다고 답장을 쓴 건 2주 전, 이후로는 이런저런 핑계로 미뤄놓기만 했다. 급기야 어제는 설득 전화가 왔다. 네, 맞아요, 네, 그렇죠, 잘 생각해볼게요. 잘 생각해본다는 말은 진심이었다. 리지는 꼬박 밤을 새워 고민했고 다음 날 아침 문자를 보냈다.

결정 못 했어요. 죄송합니다. 저 말고도 염두에 두신 다른 모델이 있으실 텐데, 그쪽으로 진행해보시는 게 좋을 것 같아요.

담당자에게서 곧장 전화가 걸려왔다. 담당자는 상냥한 말투로 고민하는 점이 대체 뭐냐, 웬만한 건 다 해결해주겠다, 조건 문제라면 최대한 원하는 방향으로 맞출 수 있다, 리지 씨는 우리가 원하는 최적의 모델이다, 같은 말을 늘어놓으며 리지를 구슬렸다. 하루, 단 하루만 더 진지하게 생각해달라고 했다. 리지는 말문이 막혔다. 제안을 선뜻 받아들이기에 분명 내키지 않는 점이 있는데, 그게 정확히 무엇인지 스스로도 설명할 수가 없었다.

중요한 고민을 할 때마다 남의 손에 결정권을 넘기려고 하는 건 리지의 오래된 나쁜 버릇이다. 차라리 담당자가 그래요, 다른 모델을 생각해봤죠, 하고 물러났다면 아쉽긴 해도 마음이 편했을 텐데. 하지만 이번에는 그런 상황이 아니었다. 리지가 생각하기에도 아이보그 사가 단 한 명의 일반인 모델을 선정한다면 그건 리지뿐이었다. 수천여 개의 색상 옵션을 지닌 '뉴옵틱스 107'이 리지만큼 잘 어울리는 사람은 흔치 않다. 게다가 또 다른 결정적 이유가 있었다. 모델 제안을 해오기 전부터 몇 년 동안이나 자발적으로 아이보그 사의 온갖 제품들을 리뷰해왔던 리지만이 내세울 수 있는 것. 그러니까…… 진정성이라고 부를 수 있는 것. 아이보그 사에서는 단순한 제품 홍보 이상의 무언가를 원하고 있다. 리지는 수백 번도 다시 읽었을 메일을 떠올렸다.

'사이보그 긍정 캠페인'이라고 들어보셨나요? 북미 지역에서 한 차례 유행했던 해시태그 운동인데, 아쉽게도 지속되지는 못했어요. 이번 기회에 그 운동을 새롭게 되살려보려고 해요. 리지 씨와 같은 사이보그 휴먼의 긍정성을 알리는 겁니다. 사이버네틱스 신체만이 지닐 수 있는 독특한 아름다움이 있잖아요. 그 아름다움을 긍정함으로써, 사이보그에 대한 사회적 인식을 개선하려는 거예요.

리지의 눈은 아름다웠다. 사고로 눈을 잃기 전에도 그랬지만 아이보그를 장착한 이후에는 더욱 아름다웠다. 리지의 눈이 조명에 따라 다른 색으로 변해가는 것을 빤히 바라보던 사람들은 "네 눈에 빨려드는 것 같아"라고 말했다. 길어야 십 분 정도

의 짧은 영상에서도 아이보그는 시선을 끌었다. 브이로그를 업로드할 때마다 수백 개씩 댓글이 달렸다. "언니, 너무 예뻐요." "제 눈보다 예쁘신 것 같아요." "사이보그 눈이면 위축될 수도 있는데 누구보다 당당한 모습이 보기 좋다." "그냥 일반인 눈보다 훨씬 나은데 꿀릴 거 하나 없음." "리지님 힘내세요! 늘 밝게 웃는 모습 보고 싶어요."

기묘한 동정과 시혜적 태도가 섞인 댓글들을 볼 때면 리지는 묘한 기분을 느꼈다. 그래도 대개의 댓글은 만족스러웠다. 아름답다, 예쁘다, 평범한 눈보다 사랑스럽다, 비율로 따지자면 그런 반응이 더 많았다. 유기체 눈을 가진 사람들이 리지를 동경할 때마다 리지는 가슴 깊이 꿈틀거리는 어떤 기이한 감정을 느꼈다. 이건 자긍심일까?

"저는 기계 눈을 가졌음에도 불구하고 아름다운 것이 아니라, 기계 눈을 가졌기 때문에 아름다운 거예요." 라이브 방송에서 자신만만하게 내뱉었던 말은 어느새 리지를 상징하는 멘트가 되었다. 아이보그 사가 궁극적으로 하고 싶은 말도 비슷하겠지. '모든 사이보그는 아름답다.' 처음으로 자신의 기계 눈을 드러내고 영상을 올리기 시작했을 때부터, 리지는 누군가 대신 그 말을 해주기를 바랐는지도 모른다.

아이보그 초기 모델은 진짜 눈을 닮지 않았고 안구를 붙잡아주는 피부와 근육의 움직임도 어색하기 그지없었다. 사람들은 기계 눈을 낯설어했다. 인간의 영혼은 눈에 담긴다고 했던가, 그래서인지 눈을 교체한 사이보그는 팔이나 다리를 교체한 사이보그보다 더 기계로 취급받았다.

영상 채널을 시작하던 당시 리지는 절실했다. 이렇게라도 하지 않으면 도저히 스스로를 사랑할 수 없을 것 같았다. 리지는 기계 눈이 영상에 가장 아름답게 비치는 방법을 연구했고, 후보정에 공을 들였으며, 아이보그 사에서 새로운 디자인 모델을 출시할 때마다 꼬박꼬박 사들였다. 노력에 운이 따라주었고, 대중들은 기계 눈의 아름다움을 알게 되었으며, 마침내 리지는 사이보그 시장을 이끄는 기업의 모델 제안을 받기에 이르렀다.

그런데 왜 고민하고 있을까. 리지는 침대에 모로 누워 자신의 눈을 만져보았다. 눈을 만져도 아프지 않다. 기계이기 때문에 감염 위험도 없다. 하루 한 번 세척액으로 잘 닦아주면 그만이다. 기계 눈은 많은 경우 인간의 눈보다 편리하다. 이제 인류는 사이보그를 긍정하는 것을 넘어서서 사이보그를 찬양해야 하는지도 모른다. 기계 신체는 유기체보다 더 아름답고 더 기능적이며 더 강하지 않은가.

사실 그렇지 않다는 걸, 리지는 잘 알고 있었다. 기계는 몸과 잘 조응하지 않는다. 수억 년에 걸쳐 진화한 눈이 비록 그 설계 결함에도 불구하고 유기체와 큰 문제없이 조응하는 반면, 기계는 원래의 몸과 자주 불화를 일으킨다. 유기체가 기계보다 우월하기 때문이 아니다. 기계가 언제나 미완의 기술로 구성되기 때문이다. 기계 눈에 짓눌린 피부 안쪽에서는 자주 진물이 흘러나왔다. 새 모델에 완전히 적응하기 위해서는 스무 번도 넘게 피팅 과정을 거쳐야 했지만, 적응할 법하면 또 다음 모델이 나왔다.

아이보그를 비롯한 회사들은 미관을 중시한 제품군과 기능성 제품군을 따로 내놓았다. 아름다우면서 기능적으로도 훌륭한 제품을 사용하려면 엄청난 값을 치러야 한다. 만약 아이보그 사의 모델로 활동하게 된다면, 아직 리지가 구매하지 못한 가장 고가의 제품을 제공받을 수도 있으리라. 하지만 리지는 그 결정이 자신을 어떤 선 너머로 떠밀게 될 것이라고 느꼈다.

그날 밤 리지는 소셜미디어 DM창을 가득 채운 메시지들을 다시 읽어보았다. '메시지가 너무 많이 와서 답변해드리기 어렵지만, 응원의 말은 다 챙겨 읽고 있어요. 감사합니다.' 리지의 프로필에는 그렇게 적혀 있었다. 하지만 실제로 리지에게 오는 메시지들은 응원보다는 고민의 말이 더 많았다. 언니, 저도 언니와 같은 모델을 쓰면 그렇게 예뻐질까요. 저는 보통 눈을 가지고 있는데, 기계 눈을 가지고 싶어요.

모든 사이보그는 아름답다는 말이 정말로 사이보그들을 더 행복하게 만들 것인지, 리지는 확신이 없었다.

멜론 장수와
바이올린 연주자[●]

그 여름방학 내내 나와 줄리는 오키드 거리에 살다시피 했다. 커다란 가구 가게 맞은편으로 시장 골목이 펼쳐진, 멀리서 온 사람들이 외지인임을 한껏 티내며 두리번거리는, 우리가 상인들 사이를 마구 헤치고 다녀도 시선을 끌지 않을 만큼 적당히 부산스러운 길목. 그 거리의 어수선함과 여유로움 사이 절

● 이 소설은 '라이프 사진전: 더 라스트 프린트'에 전시된 앨프리드 아이젠스타트의 <멜론 장수와 바이올린 연주자>(1938)에서 영감을 얻어 쓴 것이다.

묘한 균형은 사람들의 관심을 우리에게서 돌리는 효과가 있었다. 나는 슬쩍 수레를 기울게 한다든지 자재 상자를 넘어뜨려서 상인들을 귀찮게 만들었고, 줄리는 상인들의 감시를 피하며 사과나 빵 조각 따위를 손에 넣었다. 우리는 냉장고 냄새가 나는 통조림 요리 대신 조금씩 훔친 간식들로 배를 채웠다. 늦은 밤마다 피곤한 얼굴로 돌아온 엄마는 냉장고의 음식들이 줄지 않는 것을 의아하게 여기지 않았다. 몇 번은 상인들에게 걸릴 뻔한 적도 있었지만, 줄리의 뛰어난 재주—설령 손에 든 훔친 오렌지를 들켜도 그것을 일종의 우연적인 사건처럼 보이게 하는—덕분에 우리는 대체로 위기를 잘 모면했다.

딱 한 번, 시장 입구의 멜론 장수에게 걸린 일을 제외하고는.

그날 우리는 자신만만했다. 들킬 거라고는 생각하지 않았다. 모든 것이 우리가 해온 그대로였다. 그래서 분명 다른 곳으로 멜론 장수의 시선을 돌린 줄 알았는데, 줄리가 멜론을 훔치는 순간 멜론 장수는 기다리고 있었다는 듯이 줄리의 손목을 탁 붙잡았다. 멜론은 줄리의 티셔츠 안으로 쑥 넣어버리기에는 너무 컸다. 얼버무리기에는 상황이 명백했다. 우리는 그대로 얼어붙어서 눈만 깜빡였다. 뭐라고 말해야 할지, 당장 도망쳐야 할지, 그가 우리를 경찰에 신고하면 어떻게 되는지 생각하면서.

하지만 우리가 그런 고민에 빠져 있는 동안, 뜻밖의 일이 일어났다. 멜론 장수는 한 손으로 줄리의 손목을 붙잡고 다른 손으로 멜론을 구기듯 쥐어 가져가고는, 줄리의 손목을 툭 놓았다.

그게 다였다. 당황한 줄리와 나는 서로를 마주 보며 눈을 끔뻑거렸지만, 멜론 장수는 이미 우리에게서 흥미를 잃은 뒤였다. 그는 자신의 수레에만 시선을 두었다. 우리는 그 자리에서 후다닥 도망쳤다.

다음 날도 멜론 장수는 그 길목에서 멜론을 팔았다. 다음 날도, 또 다음 날도. 멜론 장수는 이따금 우리 쪽으로 시선을 주었고, 심지어 나는 우리가 다른 상인들에게서 과일을 훔치는 것을 그가 목격한 것 같다는 느낌마저 받았지만, 그는 아무 말도 하지 않았다. 매일 그의 시선을 의식하다가 나는 이상한 사실을 알아차렸는데, 그가 매일 수레에 가득 실어 가져오는 멜론이 저녁이 되어도 거의 줄지 않는다는 것이었다. 멜론 장수의 수레는 이 시장에서 거의 관심을 받지 못하는 것 같았다. 어떤 상인들은 오전이 채 지나기 전에 물건을 다 팔고 일어서는데, 멜론 장수는 언제나 저녁 장 마감까지 남았다. 시장에 오는 사람들은 대부분 멜론 장수를 못 본 것처럼 지나쳤다. 이미 물건을 잔뜩 사들인 사람들이 바쁘게 길을 가다 수레에 부딪히고는 깜짝 놀라며, 마치 이제야 멜론 장수의 존재를 알아차렸다는 듯이 기겁을 하고는, 멜론을 떨어뜨려 죄송하다면서 하나씩 사 들고 사라질 뿐이었다.

어떤 날에는 정말 이상한 일이지만, 나와 줄리만이 멜론 장수의 존재를 알고 있는 것처럼 느껴질 때도 있었다. 우리는 멜론 장수를 유심히 관찰하면서도 그의 눈에 띄지 않도록 조심했다. 하지만 멜론 장수가 우리를 늘 지켜보는 듯한 느낌을 받았다.

방학이 끝나갈 무렵, 나와 줄리는 또다시 오키드 거리로 나갔다가 조금 당혹스러운 풍경을 보았다. 멜론 장수 옆에 처음보는 남자가 서 있었다. 남자는 멜론 장수와 거의 비슷한 옷차림을 하고는, 바이올린 연주를 했다. 그는 한 손으로 현을 짚고, 다른 한 손으로 느긋하게 활을 그었다. 나는 바이올린 연주를 그렇게 가까이서 들은 것이 처음이었는데, 인파의 웅성거림에 섞인 바이올린 선율은 아주 이질적이면서도 독특한 방식으로 나를 붙잡았다. 옆을 흘끗 보니 줄리도 나와 같은 표정을 하고 있었다.

시장 길목으로 들어서는 사람들 대부분은 멜론 장수에게도, 바이올린 연주자에게도 관심이 없었다. 연주자를 흘끔거리거나 주머니에서 동전을 꺼내 드는 사람도 드물게 있었지만, 남자 앞에는 악기 케이스나 팁 박스가 따로 보이지 않았고 잠깐 호기심을 보이던 사람들도 주춤하다가 곧 시장 안쪽으로 사라져버렸다. 나는 멜론 장수가 왜 바이올린 연주자를 멀리 내쫓아버리지 않는지 궁금했다. 바이올린 연주자가 멜론 수레를 거의 가리고 서 있어서, 장사에 시선을 끌어주기는커녕 방해만 될 것 같았기 때문이다. 하지만 멜론 장수는 알 수 없는 표정으로 고개를 끄덕이며 코앞에서 연주되는 바이올린 소리를 듣고 있을 뿐이었다.

나와 줄리는 바이올린 소리가 너무 멀어지지 않도록 시장 길목 근처를 서성이며 연주에 귀를 기울였다. 남자는 대부분의 시간 동안 서서 연주했고, 가끔 간이 의자에 앉아 휴식을 취했다. 거리가 한산해지면서, 최대한 멜론 장수의 눈에 뜨이지 않으려고 노력했던 나와 줄리는 조금 용기를 내서 바이올린 연주자 근처로 다가갔다. 연주자가 바이올린을 턱에 고정하고 팔을 부드럽게 움직이는 것을, 허공 중에 직선과 곡선을 긋는 활을 가까이서 볼 수 있었다. 그리고 마침내 모자 아래 연주자의 얼굴을 보았을 때……

"얼굴이 똑같잖아!"

줄리가 깜짝 놀라서 외쳤다.

멜론 장수와 바이올린 연주자가 동시에 우리를 보았다. 화들짝 놀란 건 나도 마찬가지였다. 도망쳐야겠다는 생각에 뒷걸음질 쳤지만, 순간 왜 저 멜론 장수와 바이올린 연주자가 완전히 똑같은 얼굴을 하고 있는지가 궁금해졌다. 바이올린 연주자는 우리 쪽으로 시선을 보내면서도 연주하고 있던 곡을 우아하게 끝마쳤고, 연주가 끝나자 간이 의자에 앉았다. 멜론 장수도, 바이올린 연주자도 우리를 쫓아낼 생각은 없어 보였으므로, 나는

멜론을 훔치려 했던 과거도 잊고 뻔뻔하게 물었다.

"저, 두 분은 쌍둥이인가요?"

멜론 장수와 바이올린 연주자는 그 말에 서로를 마주 보았고, 모호한 미소를 지었고, 다시 우리를 보았다. 그 모든 동작이 완벽하게 일치하는 바람에 나는 마주한 거울 한 쌍의 이미지를 들여다보는 듯한, 기이한 기분에 사로잡혔다. 나는 두 사람이 쌍둥이일 것이라고 거의 확신했다. 그렇지 않고서는 저렇게 이목구비 하나하나가, 얼굴 근육의 움직임과 표정까지도 모두 같을 수는 없는 것이다. 그런데 뜻밖에도 멜론 장수는 이렇게 대답했다.

"우리가 쌍둥이냐고? 하하, 그렇게 볼 수도 있겠지. 쌍둥이는 아니지만."

"그럼 아주 닮은 형제인가요?"

이번에는 바이올린 연주자가 대답했다.

"아니. 우리는 형제처럼 서로를 여기지만, 사실은 그것보다 더 긴밀하지. 연결된 동시에 분리되어 있고 말이야."

줄리와 나는 알쏭달쏭한 얼굴로 서로를 보았다. 쌍둥이도 형제도 아니라면 두 사람은 대체 어떤 관계일까? 아무 혈연관계도 아닌 두 사람의 얼굴이 저렇게 똑같을 수 있을까?

우리가 더 질문하지 않자 멜론 장수도 바이올린 연주자도 아무 말 하지 않았다. 멜론 장수는 다시 묵묵히 멜론을 팔기 시작했고, 바이올린 연주자도 다시 일어나서 아름다운 선율을 연주하기 시작했다. 그러나 사람들은 멜론에 관심을 주지 않고 수레를 지나쳐 더 많은 물건이 있는 시장 안쪽으로 떠나버렸고, 멈춰 서서 바이올린 소리에 귀를 기울이는 사람들도 없었다.

느긋한 오후가 흘러가고, 오렌지색 저녁노을이 내려앉고, 시장이 한산해졌다.

우리는 그 자리에 한참 앉아서 바이올린 연주를 들었다. 공기 중에서 끈적하고 달콤한 멜론 냄새가 느껴졌다. 시장의 상인들이 하나둘 수레를 정리하고 자리를 떠나기 시작했다. 마지막까지 끈질기게 남아 가로등 아래를 서성이던 연인들도 모두 사라진 다음에는, 까만 어둠이 적신 거리 위로 가구 가게의 환한 간판에서 오는 불빛만이 좌판을 비추었다.

나와 줄리는 일어나 엉덩이의 흙먼지를 털었다.

"너희들, 집에 가는 거냐?"

멜론 장수가 우리를 불렀다.

"오늘 아무것도 먹지 않았지? 이걸 가져가거라. 손질이 좀 어렵겠지만, 반으로 잘 갈라서 씨를 긁어내면 된단다."

우리는 얼떨결에 멜론을 하나씩 건네받았다.

"우리 연주를 끝까지 들어줘서 기쁘구나."

나는 손에 쥔 커다란 멜론을 내려다보았다. 고맙다고 인사를 하려는데, 줄리가 끼어들었다.

"아저씨, 방금 '우리' 연주라고 했죠. 하지만 연주는 바이올린 아저씨 혼자 했잖아요."

줄리의 말에 멜론 장수는 주름진 입가를 슬쩍 끌어 올렸다.

"저 녀석이 바이올린을 연주한 건 곧 내가 연주한 것과도 같거든."

"왜요?"

"우린 사실 쌍둥이도 형제도 아니란다. 동일한 존재의 다른 세계에 있는 판본이지."

그 말에 줄리와 나는 서로를 마주 보았다.

"에이, 그런 게 어딨어요?"

멜론 장수와 바이올린 연주자는 내 말에 동시에 웃었는데, 놀라울 정도로 그 웃음이 똑같아 보였다.

"나는 이쪽 세계에서 멜론을 팔고, 저 녀석은 그쪽 세계에서 바이올린을 연주하지. 어느 세계에 있든 우리는 모두 같은 사람이고, 모두 성공하지 못했다는 공통점이 있지. 그리고 우리는 이 거리에서 종종 마주친단다. 또 다른 나를 만난 적도 있었지만, 이상하게도 가장 자주 마주치는 건 우리 둘이었어. 세상의 틈새로 가끔 끼어드는 불가피한 우연 같은 일이지."

이번에는 바이올린 연주자가 입을 열었다.

"처음에 우리가 서로를 알아봤을 때는 그저 우습기만 했지. 그쪽 세계의 나도 주목받지 못하는 한심한 연주자에 불과한데, 다른 세계에 있는 나도 소질 없는 멜론 장수라니 말이야."

"하지만 이제는 그게 그렇게 나쁜 일은 아니라고 생각한단다. 나는 이렇게 매일 아침 수레를 끌고 시장에 나오는 일도, 바이올린을 연주하는 일도 좋아하거든. 집에도 오래된 바이올린이 하나 있단다. 가끔은 내가 상인이 되는 대신 바이올린 연주자가 되면 어떨까 상상하곤 했지."

"글쎄, 나도 형편없는 연주자가 되는 대신 물건을 팔았다면 지금쯤 어땠을까 싶었지."

그렇게 말하고 두 남자는 똑같은 목소리로 키득거렸다. 그들은 정말로 즐거워 보였다. 나와 줄리는 어리둥절한 얼굴로 눈을 굴렸다. 나는 멜론 장수의 말을, 그게 그렇게 나쁜 일은 아니라는 말을 이해할 수 없었다. 정말로 두 사람이 같은 사람이라면, 한 세계에서는 멜론을 팔고 다른 세계에서는 바이올린을 연주하는 같은 존재라면, 어느 세계에서도 성공하지 못했다는 건 아주 슬픈 일이어야 할 텐데. 하지만 두 사람의 표정은 정말로 유쾌해 보였다.

멜론 장수가 웃음을 멈추고 말했다.

"자, 꼬마들아. 얼른 돌아가라. 이미 늦은 밤이니까."

우리는 뿌연 가로등 길을 따라 집으로 돌아왔다. 줄리도 나도 걷는 내내 말이 없었다.

그날 밤 나는 줄리가 잠든 이층 침대 바닥을 올려다보며 생각에 잠겼다. 어디선가 먼 곳에서 바이올린 소리가 들려오는 것 같았다. 새벽에 잠깐 깨어나 어둠 속에서 뒤척이다가, 나는 또 한 번 낮고 부드럽게 밤의 고요를 가로지르는 바이올린 소리를 들었다.

아침이 되자마자 우리는 잔소리를 늘어놓는 엄마를 뒤로한 채, 옷을 갈아입는 둥 마는 둥 하고 바로 집 밖으로 뛰어나갔다.

"줄리, 너도 들었어? 어젯밤에 말야, 그 소리. 아저씨는 밤새 연주한 걸까?"

줄리와 나는 멜론 장수가 매일 수레를 끌고 오던 길목에 가서 그를 기다렸다. 하지만 오전 내내 기다려도 그는 오지 않았다. 혹시나 하고 오후가 되어 다시 와도 멜론 장수는커녕 그가 있었다는 흔적조차 없었다. 다음 날도, 그다음 날도 마찬가지였다.

우리는 이제 시장을 느린 걸음으로 서성일 뿐 수레에서 사과나 빵 따위를 훔쳐 먹지 않았는데, 예전만큼 그게 재미있지 않아서였다. 그러자 오히려 상인들은 눈을 가늘게 뜨고 우리를 감시하기 시작했고, 우리는 점점 오키드 거리에 머무는 시간이

줄어들었다. 그러면서도 이상하게 나는 그 길목에서 계속 달콤한 멜론 냄새를 맡을 수 있었다. 어디선가 바람에 실려오는 바이올린 소리도 들을 수 있었다. 하지만 멜론 장수는 다시 돌아오지 않았다.

여름방학이 끝나서 우리는 더는 오키드 거리에 갈 수 없게 되었다. 방학 마지막 날, 집으로 오는 길에 나는 말했다.

"그 아저씨, 이번에는 다른 세계로 간 거야. 거기서 멜론을 팔려고."

줄리가 내 말에 "맞아, 그럴 거야" 하고 고개를 끄덕였다.

데이지와 이상한 기계

데이지가 내게 다가와 말했다.

"당신은 아주 이상한 기계를 갖고 계시네요. 정말로 이상한 기계예요. 이 기계는 지금 제가 하는 말들을 글자로 바꾸고 있어요. 그리고 당신에게 그 글자들을 보여주네요. 만약 당신이 제 말에 대답한다면, 이 기계는 그것 또한 글자들로 바꾸어서 저에게 보여주겠지요. 그런데 가만 보면 오류투성이에요. 이것 봐요, 방금도 제 말의 단어들을 잔뜩 빼먹었잖아요. 엉망진창이고, 제대로 작동하지도 않아요. 이런 것이 왜 필요한가요? 여기에는 오직 당신과 나 두 사람만 있고, 우리는 둘 다 서로의 말을 들을 수 있어요. 그러니 그냥 소리를 내어 대화를 하면 그만이지 않을까요?"

나는 대답했다.

"우리는 적외선과 자외선을 볼 수 없지만 그것이 존재한다는 사실을 알지. 우주는 우리가 결코 인지하지 못하는 암흑물질과 암흑에너지로 가득 차 있어. 그것들은 우리의 감각영역 밖에 있을 뿐 언제나 그곳에 실재하고 있어. 이제 이 기계의 글자들을 봐. 이 글자는 처음부터 글자였을까? 목소리가 전기신호로 전환되고, 전기신호가 빛으로 전환되어 이 기계에 글자들을 새겨 넣기 전까지 우리는 그것을 읽지 못해. 그러나 우리는 전환된 빛을 보고, 전환된 소리를 듣고, 전환된 감각을 느끼면서 그 모든 것을 우리가 정말로 듣고 본다고 생각하지. 만약 세상에 이미 그렇게 많은 전환들이 존재한다면, 그것이 인간의 지극히 좁은 감각영역을 위해 작동한다면, 왜 어떤 종류의 전환만이 불필요한 것으로 여겨질까?"

데이지가 물었다.

"하지만 당신과 나는 같은 현실을 공유하고 있어요. 지금 이 시간에요. 그렇잖아요? 당신은 지금 내 말을 들을 수 있지 않은가요? 내가 쓰는 말들을 볼 수 있지 않나요? 왜 기계들이 우리의 진실한 대화를 가로막도록 놔두어야 하지요?"

나는 대답했다.

"우리의 현실이 정말로 같을까? 그 현실에서 이루어지는 것만이 진실한 대화일까? 너는 그것을 어떻게 확신하지? 어떤 사람은 수요일에서 바닐라 냄새를 맡고, 또 어떤 사람은 남들이 결코 구분하지 못하는 여러 가지 빨간색을 구분하지. 우리는 바다를 유영하는 고래의 관점을 상상하지 못하겠지. 자신의 수천 배나 되는 몸집을 가진 동물에 기생하며 살아가는 진드기의 관점을 헤아려볼 수도 없겠지. 평생을 살아도 우리는 타인의 현실의 결에 완전히 접속하지 못할 거야. 모든 사람이 각자의 현실의 결을 갖고 있지. 만약 그렇게, 우리가 가진 현실의 결이 모두 다르다면, 왜 그중 어떤 현실의 결만이 우세한 것으로 여겨져야 할까?"

데이지는 곰곰이 생각했다. 그런 다음 데이지가 말했다.

"아, 그래요. 조금은 알겠어요. 지금 이곳에는 서로 다른 현

실의 결이 있고, 그것은 당신과 나 각자의 것이군요. 그리고 이제 이 이상한 기계를 거쳐 또 하나의 현실의 결이 생겨났군요. 이곳을 지나가는 사람들은 이 기계를 통해서 모두 각자의 현실의 결을 보겠군요. 그렇기에 이 기계는, 단지 수많은 현실의 결 중 하나일 뿐이겠군요. 그러니 이 기계가 유난히 이상하다고 말할 수는 없겠군요."

나는 고개를 끄덕였다.

"이제 저도 이 기계가 마음에 들어요."

데이지는 그렇게 말하며 웃었다.

행성어 서점

행성어 서점에는 쉴 새 없이 사람들이 찾아온다. 직원은 나뿐이다. 하지만 지금껏 그게 큰 문제가 된 적은 없었다. 호기심 가득한 표정으로 들어선 사람들 대부분은 서가를 둘러보다 낯빛이 어두워지고 이내 밖으로 나가버리니까. 동행이 있는 사람들은 속닥거리며 짧은 대화를 나눈다. "여기 대체 뭐지?" "이상해." 가끔 적극적이고 무례한 손님들은 카운터로 척척 걸어와서는 "이봐요. 이런 책들을 대체 어떻게 읽으라는 겁니까?" 하고 불평을 시작하는데, 응대 방법은 단순하다. 카운터 뒤편에 붙어 있는 설명문을 가리키며 나는 앵무새처럼 대답한다.

"저기 뒤에 보이시죠? 본사 방침이에요."

이 서점에서 유일하게 통역 가능한 설명문을 읽느라 항의는 잠시 멈춘다. '나는 아무것도 모른다' '그러니까 말 걸지 마'라는 듯한 말단 직원의 표정을 짓고 있으면 손님들은 혀를 차면서 서점을 나가버린다. 그 본사라는 게 대체 은하계 어디에 있는지, 실존하기는 하는지 나도 잘 모르지만 아무래도 상관없다. 10년째 월급은 꼬박꼬박 나오고 행성어 서점은 원래 그런 서점이니까.

행성어 서점이 판매하는 것은 이 행성의 특산품이다. 행성 고유의 언어로 쓰인 '해석되지 않는' 책들. 이 서점의 모든 책은 전자뇌의 통역 모듈을 방해하는 미세 패턴이 새겨진 글자로 인쇄되었다. 아무리 비싼 전뇌 임플란트를 삽입했다고 해도 행성어를 직접 배우지 않는 이상 서점의 책을 읽는 일은 불가능하다.

사람들은 매번 물어온다. "그럼, 이런 서점이 대체 왜 있는 거예요?" 답은 명쾌하다. 인류의 모든 뇌에 수만 개 은하 언어를 지원하는 범우주 통역 모듈이 설치된 이 시대에도, 어떤 이들은 낯선 외국어로 가득한 서점을 거니는 이국적인 경험을 하고 싶어 하기 때문이다. 완전한 이방인으로서의 체험. 어떤 말도 구체적인 정보로 흡수되지 못하고 풍경으로 나를 스쳐 지나가고 마는 경험…….

솔직히 헛소리라고 생각하지만, 어쩔 수 없다. 망해가는 시골 행성에서 관광객들을 끌어모으기 위해 팔 수 있는 것이 그런 이국적 경험 말고 달리 뭐가 있을까.

덕분에 이 서점의 책들은 읽히지 않음으로써 가치를 부여받았다. 세상에는 이해하기 힘든 취향을 가진 사람들도 조금씩은 있기 마련이라, 서점에 들어선 사람들 중 일부는 감탄하며, 신이 나서, 혹은 반신반의하는 표정으로 책을 사서 돌아간다. 그런 고객들 덕분에 매출은 서점이 유지될 정도로는 꾸준했다. 하지만 나는 팔려나간 책들의 내용이 영원히 미지로 남으리라는 사실을 떠올릴 때마다 슬펐다. 행성어를 아는 사람은 이제 은하계 전역에 수백 명밖에 남지 않은 데다, 행성어를 모어로 쓰는 이곳 주민들은 이런 여행자들을 대상으로 하는 서점에는 관심이 없으니, 이 책의 독자들은 언젠가 멸종하고 말 것이다.

스무 살, 처음 서점에서 일을 시작했을 때 나는 은하계 여행자들에게 우리 행성의 재미있는 이야기들을 알리고 싶었다. 한때는 '행성어 교본'을 만들어 배포한 적도 있었다. 이제는 그게 헛된 꿈이라는 것을 안다. 10년이 지난 지금, 여행자들은 한 번도 펼쳐보지 않을 책들을 사 간다. 그 책들은 영원히 펼쳐지지 않을 운명이다. 비가 주룩주룩 내리는 눅눅한 아침에는 이런 서점 따위 망해라, 하는 기분에 사로잡힌다. 이런 서점 따위, 정말로 망해도 상관없다고.

하지만…… 만약 테러범이 이 서점을 노리고 있다면, 말이 좀 달라진다. 나는 이런 식으로 서점이 망하기를 바란 건 아니었다.

그러니까, 일주일 전부터 서점을 찾아오기 시작한 여자가 수상했다. 특이한 손님이었다. 훤칠한 키, 번쩍이는 선글라스와 슈트. 여자는 다른 손님들과 달리 당황한 기색 하나 없이 오후 내내 서가를 둘러보고는 해가 질 무렵 책 두 권을 사 갔다. 다음 날도, 그다음 날도 똑같은 시각에 여자가 나타났다. 매일 두

세 권씩 사서 돌아가는 여자를 관찰하고 있자니, 너무나 수상했다. 읽지도 못할 책을 뭐 저렇게 많이 사 간단 말인가.

주중 하루 있는 휴일, 서점 옆 이층집에 살고 있는 나는 혹시나 그 여자가 또 나타날까 하고 창문 너머로 거리를 살폈다. 닫힌 가게 앞에서 문을 빤히 바라보고 있는 그 여자가 보였다. 대체 뭐 하는 사람이지?

그날 저녁, 나는 당혹스러운 뉴스를 보았다. 은하계를 돌아다니며 무시무시한 테러 행위를 하는 단체에 관한 뉴스였다. 그들은 전뇌 임플란트 해방 전선을 표방하며…… 공통적으로 값비싼 정장을 입고 선글라스로 얼굴을 가린 채 다닌다고 한다. 세상에, 그 여자잖아. 하지만 테러범이 왜 이런 시골 행성에? 뉴스가 이어졌다. 그들은 전뇌 방해 테러를 벌인다고 한다. 전뇌 방해! 그것이야말로 행성어 서점의 핵심이다. 이렇게 끔찍할 수가. 혹시 그 여자는, 이 책들을 전뇌 방해 테러에 이용하려는 것일까.

그것만은 막아야 했다. 설령 내가 이 모든 것에, 이국적 경험과 읽히지 않는 책들에 지긋지긋함을 느끼고 있다고 해도 말

이다. 나는 여전히 이 책들을 읽을 수 있는 몇 안 되는 독자 중 하나였고 내가 살아 있는 이상 책들은 가치 있었다. 그 책들이 전뇌 방해 테러 따위에 이용되도록 내버려둘 수는 없었다.

오늘도 그 여자가 나타났다. 여자는 평소와 같이 서가에서 책을 골랐고 카운터로 다가왔다. 카운터 앞에 선 여자는 선글라스를 접어서 주머니에 넣었다. 여자는 예상했던 것보다 선량한 얼굴이었다. 내가 물었다.

"뭘 도와드릴까요?"

여자는 대답하는 대신 골라온 책을 카운터 위에 올려놓았다. 시선은 카운터 뒤편에 고정되어 있었다. 태도가 몹시 수상했다. 주머니에서 총이라도 꺼내 들까 봐 의심하며 여자를 살폈다. 무심코 그를 따라 고개를 돌렸다가 나는 뒤쪽 벽에 걸린 예전 간판을 보았다.

본사에서 간판을 교체하기 전에 걸려 있었던, 낡긴 했어도 그럴싸한 간판이었다. 행성어로 써 있지만 수작업으로 만든 것이어서 통역 모듈로도 해석이 될 터였다.

"실례지만."

불쑥 여자가 말을 걸어왔을 때 나는 까무러칠 뻔했다. 여자가 웃으며 말했다.

"행성어 서점보다는 아스트로북스가 더 좋은데요?"

"그건 그렇죠. 원래 가게 이름인데……."

나는 소극적으로 대답하며 그의 행동을 살폈다.

"본사에서 간판을 통일하라고 해서요."

여자는 그렇구나, 하고 아쉬운 표정을 했다. 평범한 반응이었지만 결코 방심할 수 없었다.

"그런데 이 책은 얼마인가요?"

또 질문을 던져서 내가 긴장을 푼 틈을 노리려는 것인지도 모른다. 며칠 동안 간을 보다가 오늘에야말로 진짜 테러를 하려는 걸지도.

나는 바짝 긴장하며 대답했다.

"그 책은……."

나는 말을 하다가 무언가를 깨닫고 입을 벌렸다. 여자는 다시 물었다.

"얼마인데요?"

하지만 나는 말을 이을 수 없었다. 방금 아주 이상한 사실을 하나 깨달았으니까. 여자의 말은 평소에 늘 듣던, 통역 모듈을 한 차례 거쳐 들려오던 말이 아니었다. 여자는 아까부터 행성어로 내게 말을 걸어오고 있었다. 나는 멍청해진 기분으로 물었다.

"당신, 이곳 말을 할 줄 알아요?"

여자는 고개를 끄덕였다.

"그럼요."

"그럼 이 책도 읽을 줄 알아요?"

"당연하죠."

"어떻게요?"

"그야, 공부를 했으니까……?"

무슨 바보 같은 질문을 하느냐는 듯한 태도에, 나는 무심코 말을 내뱉고 말았다.

"왜요? 미쳤어요?"

"네?"

"왜 행성어를?"

그렇게 따지듯 묻고 나는 황급히 내 입을 막았다. 우리 둘 사이에 짧은 침묵이 흘렀다. 여자는 당황했는지 눈을 깜빡이더니, 고개를 살짝 갸웃하고는, 자신보다 더 당황한 내 표정을 살폈다.

그런 다음 여자는 아하하, 웃음을 터뜨렸다.

여자는 안식년을 맞아 은하계를 여행 중인 교수였다. 테러범으로 오해했다고 하니 배를 잡고 웃어서 다른 손님들의 눈치를 봐야 했다. 일부러 행성어를 공부하고 왔다는데, 길게 하는 말을 들어보니 조금 어색하긴 했다. 혹시 언어학자인가 조심스레 물었는데 고개를 저었다.

"저는 전뇌 통역 모듈 부적응자예요. 시술했던 의사가 뭐랬더라, 가끔 이런 불행한 경우도 있다고 하더군요. 당신 뇌는 통역 모듈을 설치하기에는 언어를 너무 자기 멋대로 다룬다고 했던가? 모듈과 불화를 일으킨다나요. 덕분에 은하계 여행은 평생 꿈도 못 꿨어요. 다른 사람들은 통역 모듈만 설치하고 우주 어느 행성으로든 떠나면 되는데, 저는 들을 수도 말할 수도

71

없는 언어 사이를 무작정 헤매야 하는 거잖아요. 무서웠어요."

모듈도 침범하지 못한 뇌라니. 대단하다는 생각을 나는 속으로만 했다. 여자가 어깨를 으쓱했다.

"그러다 이곳 행성어 서점의 존재를 알게 됐죠. 그제야 알았어요. 저는 앞으로도 수만 개의 언어를 할 수는 없겠지만, 그 수만 개의 언어를 쓰는 사람들조차 읽지 못한 책들이 저를 기다리고 있었던 거예요."

그렇게 말하는 눈이 반짝이며 빛났다. 여자는 이 해석할 수 없는 책들의 존재를 알게 된 순간, 결심했다고 한다. 언젠가 은하계 반대편에 있는 이곳에 와서, 모듈을 설치한 사람들은 할 수 없는 방식으로 책을 읽겠다고.

여자는 은하계 네트워크에 올라와 있던 행성어 기초 교본을 보고 공부했다고 말했다. 그거 제가 만든 건데…… 하고 중얼거리자, 여자는 활짝 웃으며 고맙다고 했다. 여자의 행성어는 전뇌 통역 모듈이 전해주는 것만큼 완벽하고 매끄럽지는 않지만, 그래도 괴상한 매력이 있었다. "그런데 '크스스' 하는 발음은 아직도 모르겠어요." 여자는 불평했고 나는 원어민의 발음을 들려주었다. 여자는 와, 하고 감탄했다.

　나는 먼 은하계에서 이곳까지, 누구에게도 읽히지 않은 책들을 읽기 위해 찾아왔다는 그가 갑자기 10년은 넘게 만난 친구처럼 반갑게 느껴졌다. 여자의 이야기를 듣는 동안 계속 망설이다가, 결국 나는 참지 못하고 물었다.

　"떠나기 전에 저녁이라도 같이 드실래요?"

　여자는 활짝 웃으며 말했다.

　"당장 오늘 밤도 좋아요."

　그날 저녁 서점의 문을 닫고 나는 서가 앞에 섰다. 기분이 좋았고 춤을 추고 싶었다. 우리는 친구가 될 수 있을까? 그러지 못하더라도, 나는 그를 만나서 기뻤다.

　이곳 행성에 수십 년간 살았던 할머니가 쓴 수필집과, 서점의 밤과 낮이 담긴 그림책과, 전뇌 테러를 다룬 서스펜스소설을 서가에서 골랐다. 먼지를 털어내고 종이 가방에 책을 담고 리본을 묶었다. 오랜 기다림 끝에 두 번째 독자를 만날 책들이었다.

소망 채집가

오래전부터 나는 이 방에 있었다. 내게는 많은 이름이 붙여졌다. 처음에 찾아오던 사람들은 나를 채집가라고 불렀다. 어느 날부터는 나를 수확자라고 부르는 사람들이 늘었다. 표면적인 뜻 외에 다른 의미가 있는 것 같았는데, 아무도 의미를 설명해주지는 않았다. 그들은 내가 당연히 그 의미를 알 거라고 생각하는 듯했다. 그러더니 얼마 전부터는, 새로운 사람들이 나타나서 이상한 명칭으로 나를 부르기 시작했다.

"당신이 바로 그 '상징'인가요?"

상징. 분명 내게는 그런 이름도 있었다. 고개를 끄덕이자 그는 한참 동안 나를 빤히 들여다보았다. 아래위로 훑어보고 내 옆모습도 관찰했다. 나는 그 시선이 대단히 불편했고, 그다음에는 그 불편하다는 느낌이 이 방의 설계자가 내게 새겨 넣은 것인지 궁금해졌다. 무례한 시선을 보내오는 그는 내가 인격이 있는 오브젝트라는 걸 잊어버린 것 같았다. 그는 잠시 뒤 방을 대충 둘러보다 떠났다. 그러나 이후로 그와 비슷한 사람들이 계속해서 나타났다.

두 달 전쯤부터였다. 이곳에 방문하는 사람들의 수가 급증하기 시작했고, 동시에 내게 매뉴얼에는 없는 엉뚱한 질문을 던지는 사람들도 늘어났다. 원래 그전까지 여기 찾아오던 사람들은 비슷비슷한 직함을 달고 있었다. 미래학 연구자나 데이터 사이언티스트 같은 이름으로 자신을 소개했다. 그런데 최근에는 아무런 명찰도 달지 않고 방문하는 사람들이 늘었다. 그들은 혼자 오기도 했고 가족이나 연인을 데려오기도 했는데, 어느 쪽이든 우르르 몰려다니며 시끄럽게 떠드는 관광객들처럼 굴었다.

그들은 방의 상자들을 하나하나 열어서 안을 들여다보고, 쿡

쿡 찔러보고, 내용물을 찌그러뜨리고, "와, 우리가 이런 상상을 했단 말야?" "이런 건 진짜 다 맞췄네" "이건 완전 엉터리다" 같은 대화들을 나눴다. 그러다 갑자기 나를 휙 돌아보며 내 의견을 묻기도 했다. "이봐요. 당신 생각은 어때요?" 그들은 모두 이 방에 들어오면서 오브젝트와의 불필요한 상호작용을 금지한다는 규칙에 동의했을 텐데, 규칙을 까맣게 잊어버린 것처럼 행동했다. 무엇이 그들을 들뜨게 만들었을까? 나는 단지 이곳에 임의로 형성된 가상 인격이라는 것, 그렇기에 나와 상호작용하는 일이 내 본질을 바꿀 수 있다는 사실까지 잊은 걸까?

이 방은 소망 데이터가 채집되는 공간이다. 과거에서 바라본 2030년의 조각들이 이곳에 모인다. 미래에 보내는 기대들이 상자에 차곡차곡 쌓인다. 모이는 데이터의 종류는 다양하다. 2030년이 되면 무엇을 할 것이다, 같은 소셜미디어의 개인적 다짐에서부터 각종 기업들이 내거는 거창한 2030년대 경영 계획 기조, 곳곳에서 쏟아내는 2030년의 소비·교육·기술 트렌드 분석까지 모두 포함한다. 그런 것들은 주로 소망보다는 '전망'이라는 이름을 달고 있다. 어떤 상자에는 수십 년 전부터

작성된 미래 예측 보고서가 산더미처럼 쌓여 있다. 미래학 연구자라는 직함을 달고 이 방을 들락날락하는 사람들은 대부분 그 보고서를 불편한 시선으로 흘끔거린다.

특별히 이야기들의 예언만을 모은 서고도 있다. 2030년을 배경으로 한 소설과 영화와 드라마는 작게 딸려 있는 별도의 서고 하나를 가득 채운다. 그 한편에는 2030년을 배경으로 한 게임들이 설치된 콘솔과 PC가 놓여 있다. 그런 이야기 속의 세계는 대개 2030년에 투영되는 소망이라기보다 결코 오지 않기를 바라는 미래에 더 가깝다. 데이터는 때로 엉성하고 어설픈 모습을 하고 있으며, 아주 먼 과거에서도 온다. 방 귀퉁이에 놓인 상자 하나에는 2030년을 그린 과학상상화들이 보관되어 있다. 대부분 초등학교에서 과학의 날을 맞이해 아이들에게 그리도록 한 결과물이지만, 학교 밖에서 생산된 자료들도 있다. 주로 신문이나 잡지 기사의 삽화로 그려졌다. 만화 속 인물이 2030년의 하루를 한 컷 안에서 경험하는 형태부터, 미래 기술을 묘사하는 꽤 품이 들어갔을 법한 세심한 일러스트까지 모두 있었다.

나는 직접 그 상자들을 들여다본 적은 없다. 그러나 그것들을 구성하는 데이터가 나를 구성한다는 사실을 안다. 나는 '상징'이니까. 나는 그 데이터들을 모두 반영한 인격 오브젝트다. 기본적으로 인간의 외형을 하고 있지만, 2030년에 투영되는 기대를 실시간으로 반영하여 계속해서 변하는 외형을 가졌다. 한번은 방이 리셋되며 오래된 데이터부터 최근의 데이터까지 다시 정렬된 적이 있는데, 정렬 초기의 내 모습은 아주 우스꽝스러웠다. 미래의 어느 누구도 입지 않을 멍청해 보이는 보디 슈트를 입고 있거나, 팔 하나도 버둥거리기 힘들 법한 우주복을 착용한 채 허우적거리거나 하는 식이었다. 또 한번은 눈이 튀어나오고 머리가 비대해진 미래 인류의 형상을 하고 있었다. 그때 이 방을 방문한 사람들이 나를 보며 지었던 경악하는 표정을 기억한다. 데이터 정렬이 완성됨에 따라 나는 점차 멀쩡한 모습을 되찾았고, 이제 사람의 외형에서 크게 벗어나지 않은 모습이 되었다. 그러나 시시각각 변해가는 현상은 최근 들어 점점 심해져서, 이제 하루에도 수십 번씩 아이에서 노인으로, 여성에서 남성으로,

매번 다른 피부와 이목구비를 지닌 외형으로 모습을 바꾸곤 했다.

그리고 어느 날 그가 찾아왔다.

"널 데리러 왔어. 이제 이 방을 오늘 시점에 고정할 거야."

나는 그가 누구인지 알았다. 만나기도 전부터 그를 알고 있었다. 이 방의 설계자. 나를 만들어낸 사람. 내가 이곳에 존재하도록 지시한 사람. 그러나 직접 마주하는 것은 처음인 그의 아바타가 나에게 손을 내밀고 있었다.

"그럼 난 어디로 가는 거지?"

나는 그렇게 묻고 당황했다. 이제는 내 목소리조차 요동치고 있었다. 깜빡거리며 흩어졌다가 다시 모이는 입자들이 내 팔을 만들었다가 다음 순간 부서졌다.

"사람들 앞에 설 거야."

그가 다정한 목소리로 말했다.

"사람들은 너를 기다리고 있어. 네 실체를 보고 싶어 해. 이제는 진짜 2030년이니까."

그런 줄은 짐작하고 있었다. 과거의 소망이 투영되던 상징적

미래가 이제 현실로 임박했기 때문이었다. 갑자기 이 방을 찾아오는 사람들이 부쩍 늘어났던 것도, 내 외형의 변화가 점점 빨라지던 이유도.

"그렇다면 나를 기다릴 게 아니라, 내가 필요 없어진 것 아니야?"

"왜 그렇게 생각해?"

"나는 상징에 불과하잖아. 소망이 만들어낸 상징이고, 현실은 저 바깥에 있지."

"너는 소망의 집합이 아니야. 소망은 그 방 안에 있던 것들이지."

그는 내 눈을 마주 보며 말했다.

"너는 소망이 아니라 실제로 도래할 미래를 보여주는 거였어. 2030년이 가까워지면서 예언 대신 실제로 이루어진 것들이 너를 구성했어. 소망과의 간극, 현실과 기대의 격차를 보여주는 상징이었지. 그래서 이제는 네가 2030년 그 자체가 된 거야."

그제야 내가 진짜 무엇이었는지 알았다. 나는 막연하고 아득

한 소망이 아니었다. 나는 현실이었다. 그래서 그렇게 끊임없이 요동치던 것이었다. 사람들이 나에게 덧씌워 보는 것과 실제로 만드는 것은 달랐다. 나는 괴물이 되었다가 평범한 아이가 되었다. 이끄는 자가 되었다가 밀려나는 자가 되었다. 소망의 표면 아래 진짜 미래의 모습이 채워졌다. 나는 그 간극을 감당할 수 없던 거였다.

"그게 더 끔찍하잖아. 내가 바로 2030년 그 자체라면…… 내 모습은 너무 초라해."

나는 말을 더듬었다.

"아무도 이런 미래를 기다리지는 않았을 거야. 왜 나를 공개하려고 하지? 어차피 당신들은 상징이 아니어도 경험하게 될 텐데."

"사람들은 이제 곧 2030년을 맞이하지만 그게 무엇인지 아직 몰라. 그래서 네가 필요해."

"나는 엉망진창이고, 내가 무엇인지 확신이 없어."

"다들 알아."

그가 말했다. 그는 천천히 나를 기다렸다. 나를 바라보는 시선이 슬퍼 보이기도 했고 다정해 보이기도 했다. 처음 나를 설계했을 때 그는 나의 모습을 조금이라도 예측했을까.

"그래도 이제 가야 해. 알면서도 다들 너를 기다리니까."

그가 내게 손을 내민다.

나는 짧은 망설임 끝에 그 손을 잡고 단상에서 내려간다.

소망들이 쌓인 방을 지나 문을 나선다.

이제 나의 모습은 무어라 단정할 수 없을 만큼 빠르게 변하기 시작한다. 나는 하품하는 소녀가 되었다가 자장가를 부르는 노인이 된다. 꼬리를 흔들며 뛰어가는 강아지가 되었다가 그 개를 데리고 산책을 하는 사람의 모습이 된다. 나는 가해자의 모습으로 존재했다가 다음에는 고발자가 된다. 나는 폭언을 퍼붓는 사람이 되었다가 그 앞에서 고개를 숙인 사람이 된다. 나는 온몸으로 철로를 점거한 사람이 되고 동시에 소리치고 싸우는 사람이 된다.

그들이 나에게서 무엇을 볼지 이 문을 열기 전까지는 알 수 없다. 진짜 나의 얼굴은 나를 예언했던 사람들이나 나를 전망했던 사람들이 아니라, 오직 나를 실제로 만난 사람들만이 알게 될 것이다. 하지만 그들이 지금까지 만들어온 것이 바로 나의 모습임은 분명하다.

애절한 사랑 노래는 그만

시간 여행은 발라드 때문에 시작되었다. 발단은 음악 취향이 편협한 의뢰인의 요청이었다. 의뢰인은 자신이 무슨 처음 듣는 이름의 세련된 음악 장르의 팬이라고 밝혔는데, 유독 한국에서 발라드가 주기적으로 유행하는 현상을 분석해달라고 했다.

시간요원 임수지는 뭐 이런 의뢰를 다 받느냐고 못마땅해 했지만, 정보수집팀이 보여준 '유행가 리포트'를 보고 놀랐다. 발라드 유행의 경향성이 보고된 해는 2000년대 초반, 그리고 2020년, 2040년. 들쭉날쭉하긴 해도 20년마다 음원차트를 애절한 사랑 노래가 지배하는 현상이 발생했다. 사람들은 주기적으로 다들 술에 취해 전 애인을 그리워하고, 쏟아지는 비를 맞으며 헤어진 애인이 돌아오기를 기도하고 있었다.

수지를 과거로 파견하면서, 과거조사부 팀장은 길게 설명하지 않았다. 지시는 간단했다. 2003년의 고등학교로 가서 대체 왜 학생들마저 그렇게 애절한 사랑 노래에 빠져 살았는지, 왜 그런 현상이 20년마다 반복되는지 이유를 알아오라는 것.

"저 스무 살이에요. 너무하네. 고등학교를 두 번 다니라니."

수지의 항의는 먹히지 않았다. 얼떨결에 수지는 지방 고등학교에 전학 온 서울깍쟁이 여학생으로 둔갑했다. 교실 앞에서 "임수지입니다. 서울에서 왔어요" 인사를 하며 속으로는 대체 이게 무슨 짓인가 당혹스러운 기분에 빠져들었다.

그렇게 어영부영 시간을 보낸 지 벌써 두 달째. 수지는 발라드 유행 현상의 원인을 알아내기는커녕 그동안 떡볶이를 잔뜩 사 먹어서 몸무게만 늘었다. 수지는 수업 시간에 자고, 학교를 마치면 분식집에 갔다가, 오락실에 들르고, PC방에 가고, 다시 다음 날 학교에 가서 수업 시간에 잠드는…… 그런 일상을 반복했다. 여기에 대체 무슨 단서가 있다는 거지? 2000년대 초반

고등학생의 일상에는 술을 마시며 이별을 한탄할 만큼 애절한 사랑 노래가 유행할 법한 사건은 없었다. 평화롭고 혼란스러운 날이 이어졌다.

어느 날 친구들이 수지에게 옆 학교 무리를 소개시켜줬다. 여학생도 있었지만 남학생들이 좀 더 많았다. 친구들과 남학생들 사이에는 고등학생 특유의 어설픈 로맨스 기류가 흐르는 것 같았으나, 어른의 마음을 지닌 수지는 전부 어린애들로 보일 뿐 시큰둥했다. 인사를 나눈 다음에는 다들 우르르 노래방에 몰려갔고, 주인아저씨는 땡땡이 무늬 마이크 커버를 줬다. 수지는 아이들이 저마다 하나씩 노래를 예약하는 것을 지켜보았다. 아니나 다를까, 어느 순간부터 아이들은 발라드를 부르기 시작했다. 분위기가 잡힌 다음부터는 계속 방 안의 공기가 애절함으로 축축하게 젖어 있었다. 언제까지 사랑 노래를 들어야 하나……. 수지는 고개를 돌렸다가, 하품을 하는 옆 학교 여학생과 눈이 마주쳤다. 현희라고 했던가. 그 애가 씩 웃으며 입 모양으로 말했다. 잠깐 밖에 나가자.

"너, 혹시 미래에서 왔어?"

현희가 그렇게 물었을 때, 수지는 자신의 신분을 깜빡 잊고 애가 정신이 나갔나, 생각할 뻔했다. 현희는 키득거렸다.

"딱 알아봤지. 미래에서 온 애들은 뭔가 좀, 그런 느낌이 있거든. 애늙은이 같은."

현희는 자신도 발라드 유행의 원인을 파악하러 2000년대로 왔다고 했다. 현희가 온 시대는 2062년. 그러니까, 수지가 출발한 시대보다 약 20년 뒤였다.

"그때도 발라드가 유행한다고?"

"그렇다니까."

2060년대에는 증강현실 네트워크 칩이 보편화되었는데, 증강현실의 모든 구역에서 발라드가 배경음악으로 유행하기 시작하자 한 의뢰인이 제발 과거로 가서 이 유행의 시초이자 원인을 알아오라며 요원을 파견한 거였다.

현희도 이유는 알아내지 못했다. 시대상이라든가 트렌드와 연관 짓는 것은 의미가 없어 보였다. 2040년에도, 2060년에도 애절한 사랑은 트렌드가 아니었다. 그러나 사람들은 애절한 사랑 노래를 들었다. 여기 와서 보니 2000년대라고 딱히 사람들

이 사랑에 목숨을 건 것도 아니다. 수지와 현희는 단지 사랑을 애절하게 묘사하는 어떤 시대의 유행이 있을 뿐이라는 결론을 내렸다.

노래방. 수지 생각에는 노래방이 중요한 원인인 것 같았다.

"쟤 말야. 가사 내용을 보면 연인이 죽은 노래를 부르고 있는데, 그렇게 슬퍼 보이지 않잖아."

반투명한 창문 안쪽의 남자애를 흘끔 보았다. 그 애는 최근 여자 친구와 헤어졌다고 울상을 짓던 녀석으로, 지금은 그저 자신의 노래에 심취한 것 같았다. 생각해보면 아까부터 그 애를 보고 있는 다른 여자애가 있었다. 현희가 말했다.

"맞아. 이별 노래는 이용당한 거야. 공작새 깃털 같은 거지. 이별 노래를 멋지게 부름으로써 새로운 사랑을 갈구한다고 해야 하나."

꼭 그렇게 볼 필요는 없겠지만 이번에는 현희의 말이 맞는 것 같았다. 수지와 현희는 다시 방에 들어가는 대신, 안에 남아 있는 그 여자애가 무슨 생각을 하는지 궁금해했다. 로맨스는 시대의 발명품. 모든 사랑이 애절한 건 아니지만, 함께 공유할 애절한 사랑의 기억이 사람들에게는 필요한 모양이다.

"근데…… 잘 부르긴 하네."

수지와 현희는 서로를 마주 보며 고개를 끄덕였다.

포착되지 않는 풍경

'리키, 어떻게 된 거죠? 파일이 도저히 열리질 않아요.'

'빨리 좀 확인해주세요. 우리 신혼 사진에 문제가 생겼나 봐요.'

'친애하는 리키'로 시작하지만 실제로는 무시무시한 항의를 담고 있는, 거의 비슷한 내용의 메시지를 서로 다른 열 명의 고객들로부터 받았을 때 리키는 무언가 이상한 일이 벌어졌다는 것을 알아차렸다. 그런 항의를 받는 일 자체는 드물지 않았다. 대개는 고객들의 미숙함, 그러니까 고객들이 고전적 사진 데이터 다루는 법을 잘 모른다는 점에서 문제가 발생했다. 고전적 사진은 그것이 본질적으로 '사라진 기술'의 일종이라는 점에서, 복잡한 매뉴얼을 따라 특정한 방식으로 확인하고 가공해야 하는 섬세한 데이터였고, 어쩌다 신혼이라든지 첫 행성 휴가라든지 하는 특별한 여행을 기념하기 위해 고전적 사진을 처음 촬영한 고객들은 데이터를 여는 과정부터 늘 버벅대곤 했던 것이다.

하지만 이번에는 상황이 좀 달랐다. 리키가 고객들의 개인 단말기에 원격으로 접속해 절차대로 능숙하게 사진 파일을 열자, 보란 듯이 오류 메시지가 떴다.

'데이터를 처리할 수 없습니다.'

강제로 파일을 여는 프로그램을 실행했더니, 사진 대부분이 접고 찢고 자르고 태운 것처럼 엉망진창으로 망가져 있었다. 지난 몇 주 동안 리키가 받았던 고객 중 무려 열 팀이나 그랬다. 소름이 돋았다. 이를 어쩌나. 도대체 무슨 일이 벌어진 것일까.

'죄송합니다. 원인 파악 중입니다. 며칠만 기다려주세요.'

리키는 진땀을 흘리며 고객들에게 회신을 보냈다. 예전에도 일하다 사고를 친 적은 있었다. 그렇지만 대부분은 심각한 문제로 번지지 않고 해결할 수 있는 정도였다. 예컨대 고객에게 데이터를 전송하다 오류가 발생해서 원본은 멀쩡하다든지, 망가졌지만 보정 작업으로 다시 되살릴 수 있는 사진이었다든지. 정말 드물게 리키가 준비한 장비의 오류로 사진을 완전히 못쓰게 된 적도 있었지만, 그건 리키가 이 외계 행성 여행-고전적 사진 촬영 일을 처음 시작했을 때의 정말 초보적인 실수였을 뿐이다.

머리를 쥐어뜯고 싶은 심정으로 리키는 밤새 사진을 분석했다. 고객들 말대로 파일이 망가져 있었는데, 데이터전송이나 보정 과정에서 발생한 오류가 아니라 원본의 문제였다. 그런데 같은 카메라로 찍은 모든 사진이 그렇게 된 건 아니었다. 리키가 촬영한 서른 팀 중 열 팀 정도의 사진이 그랬다. 리키에게는 그 열 팀의 사진 원본을 확인하고 보정한 기억이 분명히 남아 있었다. 처음부터 사진이 잘못 저장된 건 아니라는 뜻이었다.

어찌 됐든 빨리 이 문제를 해결해야 했다. 고객들은 하루 이틀 정도는 기다려줄 것이다. 죄송하다고 빌면 일주일에서 열흘까지는 어떻게든 될 것이다. 하지만 그 이상은 기다려주지 않을 것이다. 촬영 비용을 되돌려줘야 하는 것은 물론이고, 그 이상을 배상하라고 항의할지도 모르는 일이었다.

고전적 사진 촬영은 평범한 행성 여행자들이 감당하기에는 값이 비싸다. 리키가 다른 사진작가들에 비해 유독 높은 비용을 요구하는 것이 아닌데도 그랬다. 고전적인 방식으로 촬영을 하려면 사진작가가 현장으로 함께 가야 하고, 촬영비에 정류장과 행성 왕복 비용을 포함하는 엄청난 '출장비'가 추가된다. 대개의 행성 여행자들은 그냥 관광지에 배치된 공용 촬영 드론을 쓰거나 자그마한 기록 로봇을 데리고 다닌다. 콘택트렌즈나 두뇌 임플란트의 간이 시각 기록 기능을 쓰는 이들도 있다. 하지만 고전적 사진 촬영에 대한 수요는 언제나 꾸준히 있었다. 아무리 촬영 AI가 발전해도 여전히 '누가' 사진을 찍어주는지, 얼마나 자연스러운 순간을 포착하는지는 여행자들에게 중요한 문제였다. 그리고 리키는 바로 그런 여행자들 덕분에 생계를 유지했다. 행성 여행자들은 다들 비슷한 말을 덧붙였다.

"어, 사실 우리가 전에 이런 촬영을 해본 건 아닌데요. 그래도 신혼이니까 큰맘 먹고 처음 신청해보는 거예요."

문제는 '큰맘 먹고'에 있었다. 리키는 우주 곳곳을 돌아다니며 사람들의 특별한 순간을 기록하는 자신의 직업이 무척 마음에 들었지만, 동시에 누군가의 특별한 순간을 책임져야 한다는 부담감을 안고 있었다. 그건 누구나 드론으로 자신의 모습을 나노초 단위로 기록할 수 있는 시대에는 다소 어울리지 않는 종류의 책임이었는데, 고전적 촬영의 낭만은 바로 그런 위태로운 지면에서 발생하는 것이었다.

밤새 분석한 끝에 리키는 망가진 사진들의 공통점을 겨우 알아냈다. 그 망가진 사진을 받은 고객들의 촬영 코스에는 행성 뮬리온-846N이 포함되어 있었다. 뮬리온-846N은 옛 지구와 비슷한 자연 풍광을 지닌 행성으로, 아직 개발이 거의 되지 않았고 외진 곳에 있어 인기 있는 여행지는 아니었다. 하지만 리키는 최근 몇 달간 고객들 다수를 설득해서 그들의 여행 코스에 뮬리온-846N을 포함하도록 했다. 지금 그 행성에 매우 드물지만 아름다운 기상현상이 나타나고 있어서였다.

리키는 행성 여행-고전적 사진 촬영을 전문으로 하는 프리랜서 사진작가들의 모임에서 조언을 얻어보려고 했는데, 뮬리온-846N 같은 외진 곳까지 출장을 가는 사진작가는 드물었다. 긴 한탄 글을 올려보아도 다들 '네가 뭘 실수했겠지, 매뉴얼을 다시 확인해봐' 하고 핀잔을 줄 뿐이었다. 한숨을 내쉬며 홀로그램 스크린을 끈 순간 친구 선이 이런 메시지를 보냈다.

'혹시 그 행성의 환경 때문에 카메라가 망가지는 거 아닐까?'

그게 가능한 일인가? 수천 번의 웜홀 드라이브에도 멀쩡히 버틴 구형 카메라를 구하느라 얼마나 돈을 썼는데……. 하지만 의심해볼 만한 이유였다. 우주는 넓고, 무슨 일이든 일어날 수 있으니까.

리키는 그다음 열흘간 있던 병원 예약과 식사 약속 따위를 모두 취소하고, 퓰리온-846N으로 가는 우주선을 탔다. 열 번도 넘게 만난 접수처 직원은 이제 리키를 알아보는 듯했다. 직원에게서 관광 목적의 출입 허가증을 발급받으며 리키가 조심스레 물었다.

"저, 이상한 질문일지도 모르겠습니다만. 혹시 여기서 사진이 안 찍힌다거나, 찍어보면 사진이 다 망가져 있다거나 하진 않나요?"

직원이 황당한 얼굴로 리키를 마주 보아서, 리키는 자신이 멍청한 질문을 했다고 생각해 얼른 호텔로 도망치려고 했는데, 그 순간 직원이 리키의 손을 덥썩 붙잡았다.

"당신이군요! 그 사진작가, 여기 와서 웨딩 사진을 촬영하고 갔다던."

"어, 네, 맞아요."

"우리 연구소 사람들이 당신을 발견하면 데려와달라고 했어요."

"네? 왜요?"

"우리도 마침 그 문제로 골머리를 앓고 있단 말이에요."

행성 환경 연구소 사람들은 리키를 의자에 앉히더니 심문하듯 이것저것 캐묻고는, 다시 리키를 모노캐니언으로 데려갔다. 리키가 고객들의 사진을 찍어주었던 바로 그 장소이자 퓰리온-846N의 유일한 관광 허가 지역이었다.

레몬색 안개로 한 겹 가려진 협곡은 아름다웠다. 허공에서

안개 입자 하나하나가 빛으로 부서지듯이 반짝였고, 두 개의
태양이 기울며 시간마다 다른 색의 빛줄기를 그 위에 더했다.
부유하는 금속 미생물들이 대기 중의 황화수소와 반응하여 약
세 달간 지속되는, 퓰리온-846N에서도 극히 드물게 발생하는
별안개라는 현상이었다. 소문을 듣고 찾아온 행성 여행자들이
드문드문 있었다. 그들이 절벽 끝의 난간에 매달려 반짝이는
풍경을 바라보며 감탄했다. 드론으로 영상을 촬영하거나 사진
을 찍는 사람들도 보였다. 하지만 그 시각 데이터들은 조금 시
간이 지나면 모두 폐기될 운명에 처해 있었다.

"그러니까 저 별안개의 미세한 입자들이 가진 패턴이 데이
터오류를 일으킨다는 거죠? 바이러스처럼 퍼져나가서 다른
데이터까지 집어삼키고요."

"맞아요. 은하 표준 시각 데이터 형식을 사용하는 모든 데이
터가 저 별안개의 패턴에 손상되고 있어요. 소리를 녹음한다든
지 하는 건 괜찮아요. 하지만 시각적으로는 절대로 포착될 수
없는 겁니다. 지금 우리가 사용하는 모든 기록은 표준 형식으
로 통일되어 있으니까요. 우리는 당신이 무슨 특별한 촬영 방

법을 알아낸 줄 알았는데, 그런 건 아니었군요."

"황당하네요. 뭐 이런 게 다 있지?"

리키는 눈앞의 풍경을 멍하니 보았다. 아름답지만 결코 촬영될 수 없는 장면이었다.

리키는 행성 뮬리온-846N을 사진으로 담기 위해 며칠 동안 온갖 시도를 해보았다. 고전적 사진을 찍는 다른 사진작가들도 이 기이한 현상에 관심을 보였다. 다들 패턴 오류를 피해갈 다양한 의견을 제시했다. 리키에게도 직업적 자존심이 달린 문제였으므로 리키는 밤낮으로 설정과 장비를 바꾸어가며 별안개를 기록할 방법을 고심했다. 저 반짝이는 안개를 고스란히 담을 방법을, 나아가 이미 망가진 사진들을 복구할 방법을 찾아낼 수 있을지도 몰랐다. 정 실패하면 은하계 끝에 있다는 고물상으로 가서 수십 세기 전에 마지막으로 쓰였다던 아날로그 카메라를 공수해올 생각이었다.

하지만 뮬리온-846N 행성 환경 연구소의 생태보존 담당자의 인내심에는 한계가 있었다.

"더는 안 됩니다. 당신이 사진을 찍겠다며 여기저기 들쑤시는 통에 잘 보존된 행성 환경이 불안정해지고 있다고요. 경보가 울리기 시작했어요. 굳이 이곳을 촬영해야겠다면, 별안개가 소멸되는 한 달 뒤까지 그냥 기다리시지요."

"그럼 그때까지 아무도 저 별안개를 기록할 수 없다는 건가요?"

"그렇습니다."

"그건 미학적인 낭비라고요."

"이봐요, 리키. 당신은 지침을 벌써 두 번이나 어겼습니다. 이것도 눈감아준 겁니다. 관광객 지침을 한 번이라도 어기면, 돌멩이 하나라도 원위치에서 벗어나게 하면 원래는 영구 출입 금지예요. 알겠습니까?"

그제야 리키는 이곳 행성에 기록보다 중요한 규칙이 있다는 것을 알았고, 약간의 부끄러움과 상당한 아쉬움을 느꼈다. 물론 우주에 단 하나뿐인 행성의 개별 생태를 보존하는 일은 중요하다. 하지만 이 아름다운 장면이 그저 소멸될 때까지 기다릴 수밖에 없다니. 별안개는 한번 사라지고 나면 다시 같은 형태로 돌아오지 않는다. 발생 자체도 매우 드물어서, 다음 발생까지는 수십 년을 기다려야 할 수도 있었다.

'어쩔 수 없지. 담을 수 없는 장면이 그곳 하나만 있는 것도 아니고.'

선이 보내온 메시지였다. 그 말도 옳았다. 리키는 우주를 돌아다니며 그런 것을 자주 보았다. 순간의 아름다움을 최대한 기록하는 것. 그게 리키의 일이었지만, 어쨌든 어떤 순간들은 오직 직접 본 사람들의 마음에만 남았다.

일단 '어쩔 수 없다'는 결론을 내리자, 리키는 조금 편안한 마음으로 뮬리온-846N을 감상하며 돌아다닐 수 있게 되었다. 관광 방문객의 지침은 돌멩이 하나 함부로 스치지 못하도록 매우 엄격했고, 판매 수익이 전액 연구 기금으로 사용된다는 기념품은 정말 말도 안 되게 비쌌지만……. 그래도 리키는 아주 오랜만에, 눈앞의 아름다운 장면을 기록해야 한다는 의무감에서 해방되어 행성을 돌아다녔다.

선에게서 메시지 하나가 연이어 도착했다.

'그런데 리키, 네가 쓴 글 때문에 다들 거기 가보겠다고 난리야. 이제 어떡할래?'

퓰리온-846N에 매일 새로운 사람들이 찾아왔다. 하루 수십 명 이하로 엄격히 제한된 인원만을 들였지만, 촬영도 기록도 되지 않는다는 별안개를 직접 보고 싶다며 문의가 빗발치는 모양이었다. 행성 환경 연구소 직원들은 식당에서 리키를 마주칠 때마다 원망하는 눈빛을 보냈다. 아니, 도와달라고 붙잡을 땐 언제고.

리키는 여전히 별안개를 촬영할 방법을 고심하고 있었다. 하지만 리키도 이제는 다시 본업으로 복귀해야 했고, 내일모레면 다른 행성으로 떠나야 했다. 몇 주가 지나면 이곳의 레몬색 안개 역시 완전히 사라져서, 지금 이 행성에 있었던 사람들의 기억 속에만 남게 될 것이었다. 그전에 최대한, 사진으로 담기 어렵다면 눈으로라도 그 풍경을 담고 싶었다.

카메라를 들고 산책을 나섰을 때, 리키는 오솔길 끝 전망대에 사람들이 몰려 있는 것을 보았다. 웅성거리는 소리도 없이 조용해서 어쩐지 그 풍경은 그 자체로 한 장의 사진처럼 느껴졌다. 가까이 다가가 보니 한 노인이 조립식 이젤을 세워 놓고 그림을 그리고 있었다. 전망대에 몰려든 사람들은 그림을 흘긋

거렸지만, 노인을 방해하지 않으려는 듯 조금 거리를 두고 섰다. 잠시 뒤 어떤 아이가 종이 수첩을 꺼내 들었고, 또 어떤 여자는 개인 단말기에 무언가를 타닥타닥 입력하기 시작했다.

다른 행성 여행자들은 여전히 손을 주머니에 찔러 넣은 채였지만, 누구도 기록하는 사람들을 방해하지 않았다. 여행자들은 다 같이 숨을 죽이고 바람 소리, 연필이 긁히는 소리, 바스락거리는 소리를 들었다. 눈앞의 별안개가 흩어졌다가 다시 모이고, 빛과 그림자가 변화하는 모습을 눈에 담았다. 그러다 어느 순간 바람조차 완전히 멈추었고, 정적 사이에 사각사각 무언가를 쓰거나 그리는 소리만이 끼어들었다. 리키는 가만히 그 소리를 들으며 포착할 수 없는 순간을, 언젠가는 결국 사라지고 말 순간을 지켜보았다.

다른 방식의
삶이 있음을

늪지의 소년

숲길 너머는 그들의 영역이고, 이곳 늪은 우리의 영역이다.

우리는 혼탁한 수면 아래, 부유하는 조류들과 썩어가는 덤불 사이, 축축한 진흙 밑으로 실끈 같은 긴 팔을 뻗어 늪을 감각한다. 땅을 통해 전해지는 소리와 진동, 공기 중에 퍼져나가는 냄새들이 우리의 감각 세계를 구성한다. 우리는 고여 있는 액체 아래에서, 수많은 생물체의 사체를 집어삼키며 죽음을 삶으로, 삶을 죽음으로 되돌린다.

소년이 늪을 찾아온 그날도 우리는 갓 죽은 악어 사체 하나를 분해하고 있었다. 우리가 악어에 달라붙어 바쁘게 분해하고 소화하던 중, 숲길 너머에서 낯선 진동이 느껴졌다. 우리는 감각을 바짝 곤두세웠다. 우리에게 늪은 풍성한 세계인 동시에 너무나 익숙한 세계여서, 우리는 새로운 자극과 새로운 분자와 새로운 냄새에 굶주려 있었다. 숲길을 따라 터벅터벅 하는 발걸음 소리가 가까워졌을 때, 악어의 꼬리에 매달려 있던 우리 중 일부가 속삭였다.

저것 봐, 인간이야. 작은 인간.

작은 인간이라고?

오웬 같은 인간. 하지만 훨씬 작은 인간.

우리는 소년의 발소리를, 낡은 옷에서 풍기는 악취를, 비틀거리며 걷는 몸동작으로부터 퍼져 나오는 체념을 감각했다. 진흙으로 손을 뻗은 균사체들이 소년의 낡은 신발을 흥분한 개미 떼처럼 건드려댔지만, 소년은 아무것도 느끼지 못하는 것처럼 늪을 향해 걸어왔다. 소년은 늪을 바로 앞에 두고 썩은 갈대처럼 바닥으로 무너져 내렸다. 평평한 바위 위에 소년은 엎어졌다. 우리 중 누군가가 몸을 마구 떨며 기뻐했다. 누군가 말했다.

당장 그 애를 먹자.

그런 다음에는 흥분한 목소리들이 물결처럼 퍼져나갔다.

좋아. 그 애를 먹자. 집어삼키자. 아래로 끌어들이자. 그 애는 새로운 분자야. 새로운 냄새야. 우리에게 새로운 자극을 선사할 거야.

소년은 명백히 죽어가고 있었다. 찢어진 옷 사이로 드러난 피부는 모두 상처 입고 멍들어 있었다. 꺼질 듯한 숨소리만이 색색거리며 입술 사이로 새어 나왔다. 부패를 필요로 하는 죽음. 분해될 죽음. 우리가 갈망하는 것이 바로 앞에 있었다. 우리는 물을 건너서, 또 다른 일부는 진흙과 바위 표면을 지나 소년의 피부에 접촉했다. 소년에게 닿은 우리 중 누군가가 실망스러워하며 말했다.

아직 살아 있어. 숨 쉬고 있어. 지금은 먹을 수 없어.

아쉬워하는 기색이 우리의 연결망 전체로 퍼져나갔지만, 우리 대부분은 다시 침착해졌다. 일부의 죽음이 전체의 죽음을 의미하지 않는 우리와 달리, 강한 개체성을 지닌 저 존재들은 신체 일부의 손실만으로도 쉽게 죽음을 맞이한다. 소년은 상처 입었고 회복하기에는 너무 늦었다. 소년은 하루 내내 바위 위에 쓰러져 있다가, 아침이 되자 신음을 흘리며 일어나 낡은 가방에서 꺼낸 비스킷을 허겁지겁 삼킨다. 그러고는 주위에 고인 물웅덩이의 물을 마시고, 헛구역질한다. 다시 잠든 소년은 해가 질 때까지 오랫동안 깨어나지 않는다. 우리는 신이 나서 웅성거린다.

이제 며칠이 지나면, 늪은 새로운 분자를 갖게 될 거야.

*

우리는 소년이 물 안으로 들어와 우리의 일부가 되기를 기다린다.

그 소년은 숲길 너머에서 도망친 클론일 것이라고, 오웬 뭉치가 말해주었다. 인간들의 격리 도시에서는 죽어가는 인간들의 신체를 교체하기 위해 클론을 만들어낸다. 가끔은 그 클론들 중 일부가 저렇게 만신창이가 된 채로 도망치기도 한다. 이처럼 우리가 인간에 대해 알고 있는 지식 대부분은 우리가 몇 달 전 집어삼킨 생물학자 오웬이 알려준 것이다. 오웬은 인간들의 엄격한 규칙을 어겼고, 다른 인간들이 그 대가로 오웬을 이 늪에 던져 '처분'했다. 우리는 늪으로 가라앉은 오웬을 삼켜 분해했다. 그런데 그가 지닌 정신의 강한 고유성은 우리의 균사체 연결망에 소속되는 것을 완강히 거부한 나머지, 완전하게 소화되지 않고 그들끼리 뭉치를 이루었다. 그의 정신을 이루던 신경세포들은 균사에 달라붙어 기묘한 뉴런-균사 복합체를 만들었다. 그래서 우리는 한때 인간이었던, 덜 소화된 그 균사와 신경세포의 뭉치를 오웬이라고 불러준다.

저 녀석은 곧 죽을 거야. 인간은 이런 곳에서 살아갈 수 없거든.

오웬 뭉치가 장담한다. 우리는 그 말에 종소리처럼 동조한다. 살해당할 운명에서 소년은 본능적으로 도망쳤지만 이곳에서 또 다른 죽음을 마주하고 말았다. 그것은 개체중심적 존재들만이 경험하는 모순이다. 그러나 소년은 다른 방식의 삶이 있음을, 그 삶 역시 풍부한 감각으로 가득 차 있음을 곧 알게 될 것이다.

소년은 꺼질 듯 희미한 삶을 이어간다. 우리는 소년에게 팔을 뻗고, 균사체를 엉기게 하고, 소년의 신경계에 말을 건다. 늪으로 들어와. 이 안쪽은 안전해.

*

처음에 소년은 대답하지 않는다. 소년의 신경계를 통해 말을 걸 때 인상을 찌푸리거나 우리가 다리에 감아놓은 균사체를 걷어내는 것을 보면 분명 우리의 존재를 의식하고 있을 텐데도 소년은 대답이 없다. 오웬 뭉치는 소년이 말을 못 하는 것이라고 추측한다. 소년은 하루 대부분을 신음하며 바위에 기대어 있다. 그의 썩어가는 상처는 도저히 회복될 여지가 없다. 소년은 넓은 열대식물의 잎에 고인 물을 마시고, 통조림에 담긴 식량을 손으로 떠서 먹는다. 그러나 그 모든 행위에는 생기가 없으며, 소년은 단지 다가오는 죽음을 기다리는 것처럼 보인다.

우리는 끊임없이 소년에게 말을 건다. 늪 전체에 우리의 균사체 네트워크가 뻗어 있고, 이곳 늪은 소년을 향한 일방적인 세뇌 통로다. 늪으로 들어와. 여긴 안락하고 평온해. 우리는 너를 환영할 거야. 우리의 제안에는 오직 진실만이 담겨 있다.

그러다 어느 날 소년이 자리에서 비척거리며 일어난다.

우리는 어떤 변화를 직감한다.

소년은 서서히 늪으로 걸어와 그 앞에 다 해진 신발을 벗어놓는다. 그러고는 맨발을 조금씩 늪에 담근다. 소년에게서는 체념의 냄새가 난다. 소년은 늪의 표면을 본다. 우리의 형체는 인간들에게 잘 보이지 않는다고, 그저 희끄무레한 실처럼, 늪을 가득 채운 부유물 혹은 거미줄처럼 보일 뿐이라고 오웬이 말한 적이 있다. 그러나 지금 소년은 어쩐지 우리를, 생각하는 존재인 우리를 마주 보고 있는 것 같다.

우리의 일부가 소년에게 말을 건다.

들어와. 여기에는 네가 원하는 평온이 있어.

소년은 늪의 안으로, 더 안쪽으로 걸어온다. 물이 더 혼탁해지고 우리는 소년의 몸에 조금씩 엉긴다. 이제 소년의 허벅다리까지 물에 잠기고, 우리는 가만히 기다린다. 숨을 죽이고. 조심스레 균사를 뻗은 채로. 소년을 자극하지 않은 채로.

그때 소년이 작은 신음을 흘린다.

"아."

소년이 멈춰 선다. 무언가 잘못되었다. 물뱀 한 마리가 우리를 헤치고 황급히 헤엄쳐 도망친다. 혼탁한 물에 흙모래가 일어 늪은 더욱 불투명해진다.

"……아파."

소년이 중얼거린다. 그것은 우리가 처음으로 들은 소년의 목소리다. 방금 그 물뱀이 소년을 문 것이 틀림없다.

우리 중 일부가 포기하지 않고 소년에게 말을 건다.

여기로 들어와. 늪으로, 조금 더 깊이 들어와. 이곳에는 아픔도 고통도 없어.

"차가워. 물이……."

소년이 또다시 중얼거린다. 우리는 소년의 입수를 기다리면서, 소년에게 계속해서 말을 건다. 아무런 고통도 없는 곳으로 들어와. 그러나 소년은 거기서 멈춘다. 더 이상 소년은 발걸음을 옮기지 않는다. 뱀이 소년을 물었다는 사실이, 늪의 물이 차갑다는 사실이 마치 소년에게 무언가를 일깨운 것처럼.

그리고 다음 순간 이상한 일이 일어난다.

소년은 늪의 더 깊은 곳으로 들어오는 대신, 허리를 굽힌다. 그런 다음 손을 둥글게 말아서 늪의 혼탁한 물과 부유하는 이물질들과 그것에 엉킨 우리를 퍼 올린다.

그리고…… 자신의 입에 넣는다. 소년은 우리를 마신다. 우물우물. 소년은 우리를 씹어 삼킨다.

당황한 우리는 흩어지고, 우왕좌왕하고, 부딪힌다.

먹었어!

우릴 먹었어!

우릴 씹어 삼켰어.

소년의 입에서 물이 뚝뚝 떨어진다. 우리의 일부분도, 흙과 벌레의 사체도, 썩어가는 식물의 잔해도 같이 떨어진다.

"나는 살 거야."

소년은 우리를 향해 말한다.

"먹히지 않을 거야."

*

소년은, 오웬은……. 그들은 무언가 다르다. 우리와는 다르다. 늪 전체를 감각하는 것으로 만족하는 우리와 다른 존재다. 그들은 개별 개체에 갇혀 있다. 그들은 하나의 개체가 감각하는 지극히 좁은 세계밖에 보지 못한다. 그럼에도 그들은 자신의 개체성에 만족한다. 그것은 기이한 일이다.

소년은 우리에게 먹히는 것과 자신의 죽음을 동일시했다. 우리는 그 말에 동의하지 않는다. 우리의 일부가 된다는 것은 또 다른 삶을 살게 된다는 의미다. 우리는 자유롭다. 우리는 살아 있다.

하지만 우리는 그들의 생각이 다르다는 걸 알게 된다.

우리는 오웬 뭉치에게 지금 너는 불행하냐고 묻는다.

불행하지 않아. 지금은. 하지만 이건 차선책일 뿐이야.

연결망을 타고 흘러 들어오는 오웬 뭉치의 생각을 우리는 읽는다.

개별적 개체성, 그게 인간일 때의 나를 가장 불행하게 만들고 외롭게 만들었어. 동시에 나를 살아가게 했지. 개별적 존재이면서도 동시에 전체의 일부라는 건 모순이 아니야. 아니면,

전체라는 건 애초에 없는 것일지도 모르지.

우리는 오웬을 이해하지 못하지만, 완전히 소화되지 않은 채로 남은 오웬 뭉치는 그 자체로 우리가 직면한 문제에 대한 단서가 된다. 소년은 지금도 늪의 일부다. 늪이 아니면, 그에게 물과 양분을 제공하는 이 늪이 없으면 소년은 단 하루도 살아갈수 없다. 그럼에도 소년은, 우리의 완전한 일부가 되기를 원치 않는다. 그들은 태생적으로 그런 모순을 품고 있다.

*

우리는 소년 곁에 머물고, 소년을 관찰한다. 소년에게 먹혔던 우리 일부분은 소년의 소화기관을 통과해 다시 늪으로 돌아왔다. 하지만 다른 일부는 완전히 소화되어 단위 물질로 분해되고 말았다. 돌아온 우리의 일부는 소년에게 삼켜졌다는 사실을 수치스러워하고, 한편으로는 소년의 장기 내부에서 느꼈던 새로운 감각을 흥미로워한다. 소년이 우리를 삼켰을 때, 우리뿐만 아니라 이 늪에 살고 있는 수많은 미생물과 선충들, 각종 침투자들이 소년의 장기로 건너갔음을 우리는 알게 된다. 우리는 소년이 감염되어 죽을지도 모른다는 기대를 품는다. 소년은 오래 버티지 못할 것이다. 그렇게 되면 우리는 소년을 기쁘게 삼킬 것이다. 늪의 새로운 분자를 환영할 것이다.

하지만 그런 일은 쉽게 일어나지 않는다.

소년은 한참을 앓다가 회복된다. 소년은 우리의 존재를 무시하다가도, 가끔 협박하듯 노려보는 표정으로 늪의 표면을 향해 시선을 던진다. 우리 일부분이 소년을 끈질기게 유혹하면, 소년은 화가 난 것처럼 늪 가까이 다가와 우리 일부를 퍼 올려 마셔버린다. 우리는 비명을 지르고, 흩어지고, 시간이 흐르면 다시 모여들어 소년을 관찰한다. 오웬 뭉치는 옆에서 그저 키득거린다.

늪 근처에 서식하는 다른 생명체들은 소년의 먹이가 되고, 마실 거리가 된다. 그것들은 소년의 몸을 빠져나온 다음에는 다시 늪으로 흘러 들어와 분해된다. 시간이 흐를수록, 그런 식으로 우리와 소년 사이에 교환되는 분자들이 늘어난다. 소년의 몸은 늪의 입자들로 구성되기 시작하며, 우리의 균사체 연결망에는 한때 소년을 구성했던 입자들이 흘러 들어온다.

우리는 연결망을, 우리를 구성하는 다른 방식을 생각한다.

우리는 이전보다 소년을 가깝게 느낀다. 서로에게 흘러드는 물질들이 많아질수록 소년은 우리의 느슨한 망의 일부로 편입되고 있다. 소년이 먹고 마시는 것, 호흡하는 공기, 소년의 신체를 구성했다가 늪으로 흘러오는 모든 입자들. 우리는 물질을 공유한다.

이 늪에 머무르면, 소년은 언젠가 우리와 같은 물질에서 유래한 존재가 될 것이다. 우리의 균사체들과는 조금 다른 신체를 지닌, 우리의 일부가 될 것이다.

여전히 우리의 일부분은 소년의 팔과 다리에 들러붙으며 소년에게 속삭인다. 늪으로 들어와. 우리와 함께해. 고통도 불행도 없는 곳에서. 하지만 우리의 다른 부분들은, 소년이 더는 그런 말들에 흔들리지 않는다는 것을 안다.

소년은 이따금 우리에게로 걸어와 우리를 가만히 들여다본다. 늪의 수면 위에 부유하는 우리를 살피면 마치 우리가 무슨 생각을 하고 있는지 알 수 있을 것처럼.

너희들은 그곳에 있구나.

소년은 마치 그렇게 말하는 것 같다.

*

숲길 너머에서 낯선 물체들—오웬이 드론이라고 말한 존재들—이 찾아와 숲을 폭격하고, 늪의 생물들이 바깥으로 달아나고, 늪 아래에 포탄의 잔해가 가라앉는다. 우리는 흩어지고 찢기고 비명을 지른다. 오웬 뭉치가 소리를 지르며 지금 소년을 불러야 한다고 주장한다. 소년은 바위 옆에서 오들오들 떨고 있다. 저러고 있으면 순식간에 발견될 텐데 공포에 질려 무엇을 해야 하는지 전혀 알지 못하는 것처럼. 소년의 가까이에 있던 우리 일부가 소년의 팔과 다리를 칭칭 감아 말을 건다. 거긴 안 돼. 저 쓰러진 나무 뒤로 가. 진흙을 피부에 발라. 사초로 몸을 숨겨. 드론들이 나무와 덤불에 레이저를 쏘아대 곳곳에서 새들이 날아오르고 늪은 순식간에 엉망진창이 된다. 소년은 우리가 시키는 대로 움직인다. 드론들은 늪을 향해 계속해서 무

언가를 던지고, 그것들은 우리의 일부를 파괴한다. 균사체 연결망이 망가진다. 그러나 그들은 진흙을 바르고 사초 뒤에 몸을 숨긴, 그 위에 우리의 균사체 덩어리를 칭칭 감은 소년을 발견하지 못하고, 드론 하나가 소년의 낡은 옷가지만을 들고 떠난다. 해가 지고 다시 달이 뜨고 해가 지는 일이 반복되는 동안, 또 다른 드론들은 찾아오지 않는다.

소년은 충격에 빠진 채로, 몸에 바른 진흙을 씻어내지도 않은 채로, 멍하니 앉아 허공을 바라본다.

저 녀석을 찾으러 온 걸까?

우리의 일부분이 오웬에게 묻는다. 오웬은 회의적으로 말한다.

그럴 수도 있지. 그것만은 아니겠지. 내가 인간이었을 때, 이 늪은 꽤 흥미로운 장소였거든. 그리고 늪을 채우고 있던 너희들도.

아니, 너밖에는 없었어. 우리를 흥미롭게 여긴 인간은.

우리의 일부가 오웬에게 말해준다. 오웬은 그저 웃는다.

습격 이후, 늪은 이곳저곳이 망가졌고 특히 우리는 균사체 연결망의 상당 부분을 잃었지만, 늪도 우리도 다시 복구를 시작한다. 늪의 깊은 곳에 저장되어 있던 양분들을 끌어와서 끊어진 연결망을 잇는다. 습격은 오직 표면에만 가해졌기에, 진흙과 토양 아래로 뻗어나갔던 우리 연결망의 나머지는 무사하다. 우리는 바쁘게 수선 작업을 이어가며 우리의 부서진 감각체계를 복원한다. 늪지의 다른 생물들도 다친 새끼들을 쉬게하고, 둥지를 다시 짓고, 타버린 재를 영양분 삼아 새로운 씨앗을 싹틔운다.

바쁘게 움직이는 건 우리와 늪만은 아니다.

습격 이후 시간이 지나고 충격에서 벗어난 소년은 무언가를만들기 시작한다. 쓰러진 통나무들을 가져와 한데 모으고, 돌과 나뭇가지를 묶어 연장을 만든 다음 나무 끝에 구멍을 뚫고, 사초와 갈대로 그것들을 단단히 엮어 맨다. 소년은 이따금 숲길의 반대쪽, 길이 없지만 분명 그 너머가 존재하는 다른 지역을 내다보고 온다.

우리는 처음에 소년이 자신을 지키기 위한 물건들을 만들고있다고 생각한다. 하지만 그것이 완성되어가면서, 우리는 그것이 무엇인지를 알게 된다. 오웬이 말한다.

여길 떠나려는 거군.

소년은 오랜 시간에 걸쳐 연장을 만들고 다듬고 시험한다. 우리는 균사체를 뻗어 소년에게 말을 건다. 곧 썩어버릴 갈대와, 썩지 않을 덩굴을 구분하는 법을 오웬 뭉치가 소년에게 알려준다. 소년은 그것을 잘 이해하지 못한 것 같다가도, 반복해서 자신의 다리를 감아오는 우리의 균사체들을 더는 걷어내지 않는다. 때로 소년은 우리가 자신의 팔다리를 하얗게 뒤덮어버리게끔, 늪 가까이에 몸을 가만히 뉘인 채로 한참 시간을 보낸다.

이대로 먹어버리면 안 돼?

우리 중 일부가 묻는다. 하지만 우리는 그러지 않는다.

소년은 그렇게 죽은 것처럼 누워 있다가도 해가 지기 전에는 다시 일어나 나무를 모으고, 덩굴들을 엮어 밧줄을 만든다. 우리는 소년의 개체성에 대해, 고유한 신체로 살아가기 위한 이해할 수 없는 투지에 대해 생각한다. 그리고 소년이 잠든 동안, 소년의 잠자리 근처의 바위와 썩은 풀과 덤불과 진흙에 우리의 실과 같은 팔을 뻗치고, 먼 곳에서 들려오는 진동을 감각한다. 또다시 습격이 일어나면, 소년을 깨워줄 수 있도록.

*

소년이 완성된 뗏목과 연장들을 짊어지고 자리에서 일어서던 날, 우리는 균사체를 뻗어 소년에게 말을 건다.

가지 마. 여길 떠나지 마.

소년은 자신의 다리를 칭칭 감는 우리의 실들을 바라보다가, 천천히 늪을 향해 걸어온다. 소년은 가만히 무릎을 꿇고 잔잔한 늪 수면을 바라본다. 종종 소년이 우리를 마주 볼 때 그러던 것처럼.

너는 이미 이 늪의 일부야.

소화되지 않아도 좋아.

우리 중 누군가 말한다.

이제 소년은 고개를 숙여 늪의 표면에, 우리에게 입을 맞춘다. 문득 우리는 그것이 인간들이 한때 지극한 사랑을 표현하는 방식이었음을 깨닫는다. 수면 위로 작은 파동이 번져나간다.

"잘 있어."

그리고 소년은 일어나서 뒤돌아 걸어간다.

강으로, 바다로.

더는 소년을 아는 존재들이 없는 곳으로.

시몬을 떠나며

"시몬에 다녀오신 건가요?"

환승을 기다리던 소은에게 옆자리 여자가 물었다. 기하학적 무늬가 새겨진 가면을 쓴, 목소리가 낮은 여자였다. 소은이 들고 있던 기념품 가방을 알아본 것 같았다.

"네, 조금 전 거기서 출발했어요."

"여행은 어떠셨습니까?"

소은은 고개를 돌려 여자를 보았다. 표정을 알 수 없는 가면이 소은을 빤히 바라보고 있었다.

"음…… 놀라웠어요. 생전 처음 해보는 경험이었죠."

소은은 짧게 대답했다. 여자는 고개를 끄덕였다. 여기서 대화를 끝낼 수도 있었지만, 소은은 말을 덧붙였다.

"아직은 잘 모르겠어요. 시몬에서 본 것들이 무엇인지, 무슨 의미였는지 조금 혼란스러워요. 제가 무슨 말을 하는지 아마 이해하실 거예요. 어떤 의문을 풀기 위해서 그곳에 갔는데, 오히려 질문들만 가득 품고 온 기분이에요."

만약 시몬이 아닌 다른 행성이었다면 그곳 출신 사람에게 이런 식으로 말하지 않았을 것이다. 예의 바른 거짓말에 불과하더라도 아주 멋진 곳이었다고, 아름다운 풍경이 많았다고, 다시 오고 싶다고 좋은 이야기를 늘어놓았을 것이다. 하지만 소은은 이제 한 가지 사실을 알고 있었다. 시몬인들에게 굳이 선의의 거짓말을 할 필요는 없다는 것을.

"솔직하게 말해주셔서 기쁩니다. 저도 시몬 출신이지만, 시몬을 두고 아름답다고 하는 것에는 동의하기가 힘듭니다. 시몬은 아름답다기보다는 당혹스러운 곳이지요."

여자는 말했다. 경쾌한 어조로 보아 불쾌감을 느낀 것 같지는 않았다.

"그러면 이제 지구로 다시 돌아가십니까?"

"네, 지구로 가려고요."

"잘됐군요. 저도 지구행 우주선을 기다리고 있습니다. 아직 시몬에 대해 궁금하신 게 있다면 얼마든지 물어보시지요. 혹시 실례라면 얼른 자리를 비워드리겠습니다."

"실례는 아니에요. 고마워요. 분명 궁금한 게 많았는데……."

그렇게 대답했지만, 정작 질문을 하려니 망설여졌다. 거대한 전망창 바깥으로 방금 떠나온 보라색 행성이 보였다.

소은이 '시몬 가이드북' 의뢰를 받은 것은 2년 전이었다. 최대한 빨리 원고를 넘겨달라는 것을 미루다 보니 올해 초에야 오게 되었다. 그때만 해도 시몬에 반년이나 머물 생각은 없었다. 가능하면 짧게 체류할 계획이었다. 태양의 자기장 변화로 우주선 일정이 계속 바뀌는 불상사가 벌어지지만 않았어도 말이다.

시몬의 땅 대부분은 메마른 황무지였다. 사람들이 모여 사는 섬은 그나마 행성에서는 가장 비옥한 지역이지만, 그다지 놀라운 풍경은 없다. 이곳이 최근 유명해진 이유는 하나뿐이다. 시몬 사람들은 모두 가면을 쓴다. 아이부터 노인까지 빠짐없이. 그것이 시몬 전체에 기묘한 분위기를 자아낸다.

처음에 소은은 이곳이 꺼림칙했다. 가이드북 집필을 계속 미뤘던 이유도 그 때문이었다. 시몬 거리를 찍은 사진을 처음 보았던 때의 당혹감을 기억한다. 사진 속에서 거리를 채운 사람들은 모두 기하학적인 문양의 가면을 쓰고 있었다. 대낮의 도시 한가운데에서 가면무도회가 열리는 것 같았다. 그 기이한 풍경은 섬뜩하고 우스꽝스러웠다.

시몬에 와서 직접 본 길거리의 풍경은 사진 그대로였을 뿐만 아니라, 사진보다도 더욱 이상한 느낌을 주었다. 얇은 가면을 착용하고 걸어 다니는 사람들은 웃으면서 동시에 우는 것처럼 보였는데, 실제로는 복잡한 문양이 빛이 비추는 방향에 따라 착시현상을 일으키는 것이었다.

그들은 서로를 쉽게 구분할 수 있는 표식을 가지고 다녔다. 소은 역시 얼마 지나지 않아 목소리나 체격으로 사람들을 구분하는 것에 적응했다. 시몬에 오기 전 생각했던 것과 달리, 가면을 쓰고도 일상을 살아가는 데에는 아무 문제가 없었다.

"가면 말인데요. 그걸 쓰는 진짜 이유가 뭔가요? 관광청은 종교 때문이라고 설명하던데, 정말로 종교 때문인가요? 그곳에 머무는 내내 그 점이 의심스러웠어요."

여자는 소은의 질문을 듣더니 소리 내어 웃었다.

"아직 진짜 이유에 대해 듣지 못하셨군요. 하긴, 이유를 말해 줘도 믿는 사람이 별로 없답니다."

여자는 웃음소리를 내며 말했다.

"수십 년 전 우주를 탐사하던 연구선 하나가 시몬에 도착했습니다. 먼 곳에서 발견한 생물 샘플이 연구원의 실수로 유출되었어요. 그게 바로 이것이랍니다."

여자가 머리카락을 들어 올려 가면과 얼굴의 경계를 보여주었다. 놀랍게도, 경계가 있을 것이라고 생각했던 부위에는 경계가 없었다. 가면은 여자의 갈색 피부와 구분선 없이 이어져 있었다.

"재앙이었지요. 난데없이 외계에서 도착한 기생생물들이 얼굴에 들러붙어 떨어지지 않았던 겁니다."

소은은 속으로 경악하며, 그러나 그것을 표정으로 드러내지 않으려고 애쓰며 여자의 얼굴을 보았다. 여자는 보란 듯이 자신의 가면을 손가락으로 꾹 눌렀다가 떼었다. 단단한 금속처럼 보였던 그것은 살짝 패였다가 다시 복원되었다.

"가면은 증식하기 시작했습니다. 처음에 우리는 미소를 잃었어요. 다음으로 눈물이 없는 슬픔을 잃었고, 비명이 없는 분노를 잃었습니다. 가면은 우리에게서 온갖 종류의 미묘한 감정들을 가져갔답니다. 우리는 감정을 표현하기 위해 크게 소리치거나, 울부짖어야 했습니다. 웃을 수는 없었죠. 웃기에는 너무 절망적이었으니까요. 서로를 제대로 알아볼 수 없는 것은 물론이었고, 사랑하던 사람의 얼굴을 다시 볼 수도 없었습니다. 한 달도 지나지 않아 기하학적 문양의 외계 기생물이 시몬에 사는 모든 사람의 얼굴을 대신해버렸어요."

"끔찍하네요."

"하지만 재미있는 점은 그 이후에 일어난 일들이랍니다. 시몬인들은 가면을 꽤 좋아하게 되었거든요."

"왜죠?"

"감염증이 퍼지고 몇 년 후에 기생생물을 얼굴에서 제거하는 실험이 성공했지만, 시몬인들의 반응은 미적지근했습니다.
우리는 그냥 가면을 쓴 채로 살아가기로 결정했어요."

"이해할 수 없네요."

"마음에 들었거든요."

그 이야기를 들으며 소은은 어떤 표정을 지어야 할지 몰랐
다. 그러나 여자는 유일하게 가려지지 않은 두 눈으로 소은을
물끄러미 바라볼 뿐이었다. 여자가 말했다.

"어차피 가면을 쓰지 않아도 우리는 서로의 진심을 모르지
요. 생각해보세요. 저는 지금 당신을 향해 웃고 있을까요? 아
니면 차가운 얼굴을 하고 있을까요? 어느 쪽이든, 그게 제 진
심일까요?"

소은은 말문이 막혔다.

"가면이 우리에게 온 이후로 우리는 억지웃음을 지을 필요
가 없었습니다. 가면은 거짓 표정을 만들어내는 대신 서로에게
진짜 다정함을 베풀 수 있도록 도와줍니다. 그게 시몬 사람들
이 여전히 가면을 쓰는 이유랍니다."

짧은 침묵이 흘렀다. 지구행 우주선이 잠시 뒤에 출발한다는

방송이 나왔고, 여자는 바닥에 놓여 있던 짐을 챙기기 시작했다. 소은이 물었다.

"그래도 떼어내고 싶다고 생각한 적은 없나요?"

"왜 그런 생각을 하겠습니까?"

"사람들의 가면 뒤 진짜 얼굴을 알고 싶다는 생각이 들지 않으세요?"

"가면 뒤에 진짜 얼굴이 있다고 생각하시나요?"

여자가 반문했다. 소은은 잠시 입을 다물었다가 다시 물었다.

"저도 언젠가 가면을 쓰고 살아갈 수도 있을까요?"

"원한다면요. 하지만 보이는 표정에 이미 익숙해졌다면, 그것을 감추고 살아가기로 결심하는 건 쉽지 않을 겁니다."

여자는 그렇게 말하며 자리에서 일어났다. 소은은 아마도 가면 뒤에서 여자가 웃었을 거라고 생각했다. 그리고 다음 순간에는, 그게 그렇게 중요하지 않다는 생각이 들었다.

시몬에서 머물던 게스트 하우스 앞에서 떠나는 셔틀에 올라탔을 때, 동네 사람들은 정거장까지 나와 소은을 배웅해주었다. 그간 거리를 오가며 수없이 인사를 나눈 사람들이었다. 셔

틀이 떠오르는 동안, 사람들은 계속 소은에게 손을 흔들고 있었다. 머물던 게스트 하우스의 주인, 자주 가던 레스토랑의 요리사, 재즈 바에서 친해진 아름다운 목소리의 가수, 오후마다 나른하게 햇빛을 쬐던 옆 건물의 할머니, 건너편 꽃집 둘째 딸. 시몬의 모든 것이 일상적이고 다정했다. 오직 그들이 가면을 쓰고 있다는 사실만이 달랐다.

이제 소은은 그들의 진짜 표정을 상상하는 대신 그들의 진짜 마음을 상상했다. 그때 소은은 햇빛을 받아 기묘한 문양으로 물든 가면들을 보면서 그들이 '언젠가 또 만나요'라고 작별 인사를 해오는 것 같다고 생각했었다.

다시 생각해보면, 그들은 '당신은 이제 이곳을 오랫동안 그리워하게 될 거예요'라고 말하고 있던 것 같기도 했다.

우리 집 코코

몇 년 전부터 지구를 휩쓴 어떤 유행에 대해 이야기해보려고 해. 사실 그 기묘한 유행의 시작점을 알아내는 것부터가 나에겐 쉽지 않았지. 이렇게 단기간에 세계의 모든 사람들이 당연하게 받아들인 유행이 있었나 싶을 만큼, 그건 이미 우리의 일상으로 깊이 침투해버렸으니까. 아침에 커피를 한 잔 내려 마시고 잠들기 전에 유튜브를 보며 낄낄거리는 것처럼 당연한 생활의 일부가 되어버린 거야. 만약 내 말을 듣고 있는 누군가가 있다면, 나는 높은 확률로 당신도 이미 그것을 받아들였거나, 최소한 그것을 자연스럽게 여길 것이라고 확신할 수 있어.

'이상한 유행'들에 대해 말하자면 끝도 없겠지. 할아버지는 내가 태어나기도 전에 존재했던 유행들을 말해준 적이 있어. 어떤 유행이 시작될 때 재미있다고 생각해서 일단 동참해보는 사람이 있고, 인상부터 찌푸리는 사람이 있는데 할아버지는 주로 인상 쓰는 쪽이었다고 해. 친구들이 과격한 춤을 추거나 우스꽝스러운 포즈를 취하는 영상을 촬영해서 공유할 때마다, 어떻게 반응해야 할지 대단히 난감했다는 거지. 한번은 '슬라임'이라고 불리는 장난감이 인기를 끌었던 적이 있는데, 점토 형태의 장난감에 색소를 넣거나 온갖 장식물들을 올린 것이었지. 질감에 따라 만지면 뽀드득거리는 소리가 나고, 손에 끈적하게 달라붙었다 떨어지고, 좋은 향이 나기도 하는 물건이었어. 그 무렵에는 슬라임을 만지작거리는 영상을 어디서나 볼 수 있었어. 그게 다소 괴상한 유행처럼 보였다고 할아버지는 말했어. 사람들이 반짝이고 물컹거리는 것을 주물대는 영상을 너도나도 찍어 올리는 그 상황이, 그러면서 '마음이 안정된다'고 말하는 것이 할아버지에게는 도무지 이해되지 않았다고 말야. 그건 그냥 물렁물렁하고 뽀드득거리는 장난감일 뿐이었으니까.

하지만 그렇게 말하는 할아버지의 책상 위에도 '그것'이 올라와 있었어.

"그렇네요. 정말 이상한 유행이었네요. 그런데, 할아버지."

나는 머뭇거리다 물었지.

"그럼 혹시 '코코'는 이상하게 보이지 않으셨나요? 코코도 그런 것일 수 있잖아요."

내 질문에 할아버지는 갑자기 차가운 표정을 하더니 "아니, 나는 한 번도 그렇게 생각한 적 없다" 하고 싸늘하게 대답해서 나를 당황하게 만들고는, 고개를 돌려 코코를 보았어. 그리고 환하고 천진한 웃음을 지었지. 나는 할아버지가 그런 웃음을 짓는 것을 본 적이 없었어. 그 행복감이 가득 담겨 있는 웃음, 사람들이 코코를 볼 때 짓는 웃음이야말로, 깨어난 이후에 내가 가장 이상하게 여기고 있는 것이었지.

*

나는 3년의 시간을 건너뛰었어. 무슨 시간 여행자라는 말이 아니라, 정말로 3년의 시간을 잃어버렸다는 말이야. 스물네 살, 출근길에 트럭에 치였고, 오랫동안 혼수상태에 빠져 있었어. 가족들은 나를 포기하지 않았지. 처음 깨어났을 때, 나는 내가 여전히 긴 꿈을 꾸고 있다고 생각했어. 깨어난 이후에도 나는 일주일을 헛소리만 해댔어. 그러다가 겨우 정신이 들었을 때는 내 옆에서 언니가 내 손을 잡고 있었어. 나는 주위를 둘러보며 물었지.

"언니, 대체 이게 다 뭐야? 내가 뭘 잘못 보고 있는 거야? 눈이 이상해졌나? 나 아직도 꿈을 꾸고 있는 거야?"

언니는 내가 제대로 된 말을 하기 시작했다는 사실에 깜짝 놀랐어. 혼란스러워하는 나를 보고 언니가 안타까운 표정을 했지.

"왜? 뭐가 그렇게 이상해, 유나야. 다 말해줄게. 무슨 일이 있었는지 궁금해? 그동안 우리가 얼마나 네가 깨어나기를 기다렸는데."

"아니, 언니, 그게 아니라…… 저거 말야. 저것들……"

나는 덜덜 떨리는 손으로 병실 선반을 가득 채운 '그것'들을 가리켰어. 언니는 아주 이상하다는 눈빛으로, 그리고 이해할 수 없다는 표정으로 그것들과 나를 번갈아 쳐다보았지.

그 존재들의 기이함을 쉽게 알아차렸던 건 대부분의 사람들과 달리 내가 시간을 건너뛰어왔기 때문인지도 몰라. 그리고 깨어난 이후에 한참은 내가 꿈을 꾸고 있다고 생각했던 이유도 바로 그것 때문이었어. 잠들기 전의 세계와 잠들었다 깨어난 이후의 세계에 결정적으로 달라진 무언가가 있었는데, 아무도 그것을 이상하게 여기지 않았고, 그게 괴이하다고 생각하는 건 오직 나뿐인 것 같았거든.

퇴원 절차를 밟고 집에 오는 길에도, 현관문을 열었을 때도, 내 시선이 닿는 곳 어디에나 그것들이 있었지. 경악하는 나의 반응에 가족들은 나를 걱정했지만, 그것을 절대로 치우지는 않았어. 나는 적어도 내 생활 반경에서는 보이지 않도록, 최소한 내 방에서는 제발 그걸 치워달라고 간곡히 부탁했어. 내가 병원에 있는 동안 주인이 없던 내 방은 이제 빈틈이라고 할 만한 것이 없을 정도로 빼곡히 그것들로 채워져 있었거든.

코코. 인간과 가장 친밀한 반려동물의 이름을 빼앗고 그 자리를 차지한, 외계에서 온 식물들.

*

　뉴-스카이랩이 외계 생명체가 산다는 세 개의 후보 행성을 선정하고 그곳으로 출발했을 때, 전 세계 사람들이 열광했어. 두 행성에서는 아미노산과 유사 단백질 분자만을 발견했을 뿐 생명으로 보이는 것은 없다는 탐사대의 메시지가 지구로 전송되었을 때, 사람들은 조금 실망했지. 그 분자들은 이미 태양계의 다른 위성에서도 발견된 적 있던 것이었으니까. 남은 건 행성 하나뿐이었는데, 이상하게 그쪽에서는 아무런 연락이 오지 않았어. 탐사대가 사고를 당했거나 통신 문제가 생겼으리라고 다들 추정했지. 그게 내가 스무 살 때의 일이었어. 그리고 시간이 흘러 내가 학교를 졸업하고 첫 취업을 해서 설레는 마음으로 출근길을 서두르다가 트럭에 치여 날아갈 때까지만 해도, 세 번째 행성으로 향한 탐사대에게서는 소식이 없었어.

　그들이 코코를 데리고 돌아온 건 내가 잠들어 있을 때였어. 엄마와 아빠는 딸을 영원히 잃을지도 모른다는 생각에 매일 밤을 눈물로 지새우고, 언니는 그런 부모님의 유일한 딸로 책임을 다해야 한다는 생각에 대놓고 울지도 못하던 그 무렵, 병실 텔레비전을 통해 긴급 속보가 전해졌지. 뉴-스카이랩 3호선과의 극적인 통신 재개, 그리고 지구로의 귀환. 구조대가 먼저 바다 한가운데 떨어진 탈출 포드를 구해 탐사대원들의 생존을 확인했고, 그들은 카메라 세례를 받으며 구조선에서 육지로 올라왔어. 그리고 모든 사람들의 눈이 그들에게 향해 있을 때, 구조선에 있던 탈출 포드의 모습이 카메라에 포착되었어. 열 몇 명의 헤실거리는 과학자들과 '그것'들로 가득 찬 포드가 생중계로 전 세계에 방송되는 동시에, 너무나 행복하다는 듯이 활짝 웃는 과학자 한 명이 그것을 기자들 앞에 내밀었지.

"여러분, 우리는 지구를 바꿀 위대한 발견을 했습니다."

그 생물의 모습을 어떻게 묘사할 수 있을까? 축축한 이끼가 뭉쳐진 거대한 모스볼 같기도 하고, 초록색 털실이나 눈 없는 햄스터 같기도 하고, 진녹색의 촉수를 사방으로 뻗친 말미잘 같기도 하고, 거대한 녹색 공벌레 같기도 해. 분명한 건 지구의 생물 중에는 그것을 완전히 빗댈 이름이 없다는 것, 그리고 실제로 그것은 보는 사람에 따라 다른 모습을 드러내는 환각을

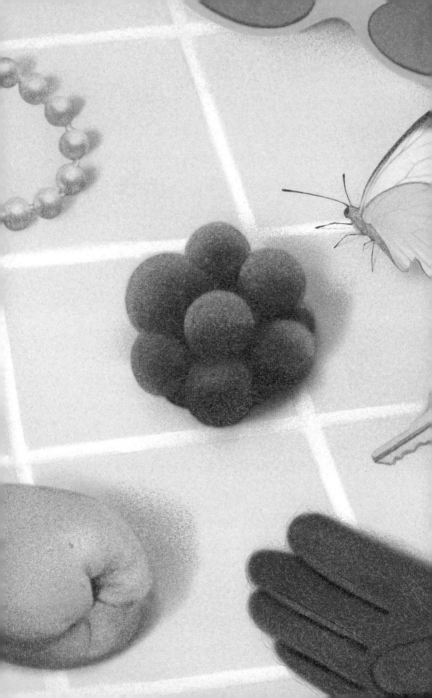

유발한다는 것이지. 전 세계로 퍼져나간 방송을 통해 처음으로 그것을 본 사람들은 다들 비명을 질렀어. 잠시 뒤에 생중계 송출이 뚝 끊겼지.

뉴-스카이랩 탐사대원들은 외계에서 무엇을 발견하더라도 그것을 인류 공동의 합의 없이는 지구의 땅 위로 절대 들이지 않겠다는 서약을 하고 출발했어. 비록 미생물 한 종에 불과하더라도 인류 전체를 위협할 수 있는 일이었기에, 지키지 않는다면 죽음까지도 각오해야 하는 일이었지. 그런데 모든 탐사대원이, 그리고 심지어 그들을 처음 발견한 구조대마저 그것의 반입을 묵인한 거야. 탐사대원들은 순식간에 경찰에 체포되었고, 대원들을 구조한 구조대도 함께 격리되었어. 처음에는 대원들이 입었던 옷, 가져온 물건, 탈출 포드는 물론이고 그 우주선에 득시글거리는 징그럽고 괴이한 녹색 덩어리들을 태워 없애야 한다는 여론이 들끓었지만, 이틀이 지나자 어떤 사람들은 차분히 이성을 되찾기 시작했어. 과학자들은 학술 목적으로 철저히 제한하여 탐사대원들이 가져온 외계 식물들을 연구할 수 있도록 허가를 요청했지. 인류 지식의 최전선에 나섰던 사람들마저 속절없이 매료되는 이 식물의 정체는 무엇인지, 다들 너무나 궁금했던 거야.

그리고 3년이 흐른 지금, 이제 코코를 기르지 않는 사람은 없지. 나처럼 과거에서 온 사람들이나, 갓 태어난 아기들을 제외하고는.

*

톡소플라스마 원충은 쥐의 뇌를 영구적으로 변화시키지. 톡소플라스마증이 나타난 쥐들은 겁을 잃고 고양이에게 매료되고, 고양이의 냄새를 두려워하지 않게 돼. 쥐는 자발적으로 먹이가 되고, 기생충을 전파하는 매개로 복무하게 되는 거야.

코코가 발산하는 물질이 단지 우리의 뇌를 교란하는 화학물질에 불과한지, 아니면 그보다 더 정교한 무언가인지에 대해서는 아직 논의가 이어지고 있어. 과학자들은 그것들이 자신을 퍼뜨리는 생존 전략이자 번식 전략의 일부라고 추정하고 있어. 그 중대한 발표가 세계로 중계되던 날, 사람들이 코코를 끌어안은 사진을 올리며 했던 말들을 나는 기억해.

그건 중요하지 않아요. 우린 예전보다 행복해요. 이 작은 친구
들이 우리의 옆에 머물러주기에, 인류는 더 이상 우주의 외로
운 먼지 조각들이 아니에요.

사람들은 코코를 쓰다듬고 만지고 껴안으며 행복감을 느끼
지. 이제 모든 사람이 코코를 사랑해. 코코는 가장 인기 있는
반려종이 되었지. 굳이 지구의 생물에 빗댄다면 코코는 움직
이는 동물보다는 고정된 식물에 가깝지만, 그것을 사랑하는 인
간들에 의해서 그것은 아주 멀리까지 가고 있어. 열대우림 한
가운데에서, 화산 분화구에서, 소금 호수에서도 코코의 종자가
발견되지. 그것들은 섣불리 싹을 틔우는 대신 숨을 죽이고 지
구를 점령해가고 있어. 인간의 주머니 속에 숨어서, 어디로 도
망가지도 않은 채, 종자들만을 슬그머니 땅 아래에 숨기며.

가족들이 죽은 것이나 다름없던 나를 포기하지 않고 기다렸
던 것도 어느 정도는 코코 덕분이었어. 코코는 희망을 주니까.

삶을 포기하지 않게 해주니까. 오래 살아남아서 그것들을 널리 퍼뜨리도록 하니까. 그 사실을 알았을 때, 나는 이 괴이한 동반자들을 그냥 받아들이기로 했어. 코코를 내 옆에 두면서, 만지고 입을 맞추면서, 그것들이 지닌 외계 물질들이 나의 몸속으로 들어오는 것을 감각했지. 그리고 기쁨이 나를 가득 채우는 것을 느꼈어.

코코들이 지구에 가져온 건 그들 자신만이 아니라, 그 축축한 녹색 털 안에 감춘 생태계였어. 아직 다 분석되지도 않은 수많은 미생물들은 꾸물거리며 지구의 토양을 뒤덮고 있지. 토륨을 먹어치우면서, 우리가 속하지 않은 다른 생태계를 구축하면서.

과학자들은 어쩌면 앞으로 지구상에 두 종류의 생태계가 공존하게 될지도 모른다고 추정하지. 우리는 이미 외계세를 살고 있는지도 모른다고. 이제는 어느 토양에서든 외계 생물들이 남긴 독특한 부산물들을, 혹은 외계 미생물 그 자체를 발견할 수 있기 때문에, 이전과는 구분되는 새로운 지질시대가 도래했다는 거야. 그래서 어떤 이들은 아직 오염되지 않은 순수한 지구의 영역을 늦기 전에 지켜야 한다고, 지구 보존 구역을 지정해야 한다고 주장해. 코코를 사랑하는 이들조차 때로는 코코의 목적을 의심하지. 그것들의 최종 목적은 무엇일까? 이미 늦은 걸까? 지구는 돌이킬 수 없을 정도로 오염된 걸까? 아니면, 그게 정말로 '오염'이긴 한 걸까?

그래, 나는 상관없어. 그것이 우리를 불행하게 만들지 않으니까. 그 오염이 우리를 살아가게 하니까.

이제 이런 삶이라면 수십 년이든 수백 년이든 이어져도 좋다는 생각을 하면서, 나는 코코를 쓰다듬으며 말해.

오랫동안 살아줘. 제발 내 옆을 떠나지 말아줘.

그때 웃을 수 없는 코코가 나를 향해 웃어주고, 나는 코코에게 마주 웃어 보이지.

오염 구역

　라트나는 금지된 구역으로 가고 있었다. 정확히는 위험등급 A구역으로 분류되어 파견자들에게조차 접근이 금지되어왔으나, 오늘부로 오직 라트나에게만 접근이 허용된 마을로. 주머니에 대충 매단 카드가 달랑거렸다. 파견자 코드 B-492100. 라트나 센.

　파나모르 산맥을 따라 울퉁불퉁한 산길을 한참 달리면 안개로 뒤덮여 있는 운무림이 시작된다. 목적지는 그 운무림 한가운데에 있었다. 인류의 거주 구역 대부분을 집어삼켜버린 외계 식물들의 '대침투' 이후에도 드물게 인간들이 모여 사는 장소,

그러나 너무 외진 곳에 있는 데다 이미 오염이 많이 진행되어 본부에서는 조사할 가치조차 없다고 판단한 곳. 지구상의 버려진 다른 지역들처럼, 그곳도 내버려두면 그대로 소멸하리라고 판단했을 것이다.

그런데 본부로 들어온 기묘한 제보 때문에, 라트나는 공식적으로 그 마을로 향하는 첫 파견자가 되었다. 그 제보 내용은 기밀 사항으로 라트나조차 제대로 듣지 못했지만, 적어도 그곳 사람들이 '광증의 영향을 받지 않았다'는 내용이 있다는 건 확실했다. 오염된 구역에 사는 사람들이 아직도 제정신을 유지하고 있다니. 어떻게 그게 가능할까.

라트나를 안내한 여자 가이드는 그 운무림 마을에 물건을 팔러 몇 번 드나든 경험이 있다고 했다. 무슨 이야기라도 미리 해주기를 바랐지만 가이드는 가는 내내 표정이 좋지 않았고, 굳게 침묵했다. 길이 안개로 덮이기 시작하는 지점에서 가이드는 갑자기 트럭을 멈춰 세웠다.

"길을 따라 삼십 분쯤 걸어가면 됩니다. 그곳 사람들에게는 외부에서 파견된 의사가 도움을 주러 간다고 말해두었어요. 여기서부터는 경사가 가파르지 않으니 충분히 갈 만할 겁니다."

"왜 같이 안 가겠다는 거죠? 본부에서 지시한 건 마을까지 동행하는 거였을 텐데요."

"못 하겠습니다. 난, 도저히……. 그곳엔 다시 가고 싶지 않아요. 그 사람들은 나를 속여서, 나에게 그것을……"

가이드는 무언가를 말하려다 말고, 생각만 해도 역겹다는 듯이 고개를 저었다. 그러더니 시트에 몸을 그대로 묻은 채 트럭에 시동조차 걸지 않았다. 라트나는 황당했지만, 가이드가 당장이라도 구토를 할 것 같은 얼굴인 데다가 그런 상태로 운전을 제대로 할 것 같지도 않아서, 가이드를 한번 노려보고는 배낭을 메고 트럭에서 내렸다.

길은 외길로 나 있어서 헤맬 염려는 없었다. 마을을 가리키는 표지판이 보일 무렵에는, 숲을 뒤덮은 뿌연 안개가 더욱 짙어져 있었다. 라트나는 무릎을 굽히고 앉아 바닥에 썩어가는 식물들과 바위를 뒤덮은 이끼를 살펴보았다. 제대로 확인하려면 분석 장비가 필요하겠지만 여러 지역을 돌아다녔던 라트나는 이제 눈으로만 보아도 분별할 수 있었다. 이것들은 모두 대침투 이후에 오염된 식물들이다. 라트나가 지금까지 가본 여러 장소 중에서도 이곳은 유독 그 침투성 변이가 심해 보였다. 본부가 찾고 있는 '순수한' 지구 식물 따위는 이곳에 절대로 살지 않을 거라고, 라트나는 확신했다.

가이드는 삼십 분쯤 걸으라고 했지만, 실제로는 토양 샘플을 계속 채집하며 걷느라 두 시간도 더 지난 다음에야 라트나는 목적지에 도착했다. 다갈색의 벽돌 담장이 지금까지 따라온 길을 가로막고 있었고, 옆을 살펴보자 담장이 끝나는 지점이 보였다. 이곳이 그 마을일 것이다. 라트나는 담장 끝을 향해 담장에 누군가 스프레이로 써놓은 문구를 발견했다.

인간은 멸망을 향해 가고 있지만, 버섯들은 아니다.

재미있는 말이라고 생각하며 담장 끝까지 걸어간 라트나는 멀찍이 사람들이 모여 있는 것을 발견했다. 그들 중 누군가가 기척을 눈치챘는지 라트나를 향해 고개를 돌렸다. 일부는 소리를 지르고, 일부는 라트나 쪽으로 뛰어오기 시작했다. 라트나는 점점 가까워지는 사람들을 보고 곧장 인상을 찌푸렸다.

세상에, 그저 재미있는 문구가 아니었군.

마을 사람들에게는 한눈에 알아차릴 수 있는 기이한 공통점이 있었다. 그들은 모두 신체 곳곳에, 손과 발에 버섯을 기르고 있었다. 피부를 뚫고 버섯들이 자라나고 있었다. 그것도 사람마다 각기 다른 종류의 버섯들이.

몰려든 사람 중, 얼룩덜룩한 점박이 버섯이 온몸에 자라난 한 청년이 앞으로 나섰다. 그가 다소 어설픈 공용어로 물었다.

"외부에서 의사가 온다고 들었습니다. 당신이 그 의사입니까?"

라트나는 청년의 피부에 너무 눈길을 주지 않으려고 노력하며 대답했다.

"그래요. 내가 파견된 의사입니다. 간단한 진료와 약 처방이 가능합니다. 하지만 지금 보니 당신들은 아주 곤란한 문제를 겪고 있는 것 같군요. 이것은……."

라트나는 주위를 둘러보며 당혹한 표정을 지었다.

"이건 내가 치료할 수 있는 질병은 아닙니다. 대체 무엇에 감염된 건지 몰라도, 아주 심각해 보이네요. 여러 지역에 가봤지만 어디에서도, 이렇게 피부를 뒤덮은 버섯은 본 적이 없는걸요. 샘플을 본부에 보내면 아마 분석에 도움을 줄 겁니다."

"잠깐만요."

청년이 당혹한 듯이 손을 내밀며 끼어들었다.

"이걸 치료하겠다고요? 우리 몸에 자라는 이것들을?"

청년이 의아해하며 물었다.

"왜 그렇게 해야 합니까?"

*

운무림은 일 년 내내 안개로 뒤덮여 있어 습하고, 해가 잘 들지 않아 어둡다. 적도 근처에 있어 너무 낮은 기온으로는 떨어지지 않는다. 버섯들이 자라나기에 최적의 환경이다. 이곳의 버섯들은 죽은 나무 대신 인간의 피부에 균사를 내리고 자라난다. 이상한 것은, 버섯에게 양분을 뺏기며 말라비틀어져가는 사람들이 그 버섯을 완전히 없애기를 거부한다는 점이다.

청년은 라트나를 자신의 집으로 초청했다. 라트나는 청년을 따라가는 동안, 오염된 식물들에 뒤덮인 마을의 식생을 살폈다. 마을 외곽에 울타리를 쳐두었지만 너무나 당연하게도 오염을 막을 수는 없었던 것으로 보인다. 오염된 텃밭에서 오염된 작물들이 자라고 있다. 외계 식물의 침투를 암시하는 위험한 보라색의 반점들. 이곳 사람들은 분명 오염된 것들을 먹고 산다. 그러나 그들은 아직 미치지 않았다. 인간이라면 그럴 수 없는데도.

주방과 거실을 오가는 어린 소년에게도 얼룩덜룩한 버섯들이 자라나 있었다. 청년의 동생으로 보이는 그 소년에게는 아이다운 생기가 없었고, 피부는 건조한 나무껍질처럼 죽죽 갈라졌으며, 그 틈새를 뚫고 자라난 버섯의 대와 갓, 그리고 이제 막 피부를 찢고 솟아오른 핏기 어린 자실체들이 소년의 몸을 뒤덮고 있었다. 소년은 쟁반 위에 찻잔과 접시를 담아 내왔다. 라트나는 식탁 위에 소년이 내려놓은 것을 보자마자 역겨워졌다. 그럴 수밖에 없었다. 접시에 담긴 건, 원형을 잃었지만 버섯을 재료로 삼은 것이 분명한 요리였으니까. 그렇다면 그 옆에 있는 찻잔에 담긴 붉은색의 물도, 무엇인지 정체를 상상하고 싶지는 않았으나 평범한 차는 아닌 것 같았다. 라트나는 아무 것도 손대지 않고 물었다.

"당신들의 몸에서 자라는 버섯을 서로 먹는 겁니까?"

소년은 대답하는 대신 눈치를 보았다. 라트나를 데려온 청년이 무덤덤하게 말했다.

"끔찍하다고 생각하겠지만, 이건 우리가 살아가는 방식입니다."

"그렇지만 뭔가 이상한걸요. 버섯은 종속영양생물입니다. 식물들과 달리 스스로 양분을 만들지 않고, 당신들을 양분 삼아 자라난다고요. 그럼 당신들은 어떻게 영양분을 섭취하죠? 이건 자신이 배출한 소변을 물이라고 다시 마시는 것과 별로 다를 바가 없는데요."

라트나의 지적에 청년은 잠시 침묵했다. 라트나는 그가 다시 입을 열기를 기다렸다. 청년이 머뭇거리며 말했다.

"우리가 버섯만 먹는 것은 아닙니다. 작물들도 먹습니다. 그 작물들을 먹인 가축들도 먹고요. 그게 오염되어 있다는 건 우

리도 알아요. 그렇지만 이 버섯들을 함께 먹으면, 괜찮습니다. 우린 그걸 마을 사람들을 많이 잃고 난 후에야 알았습니다. 어떤 사람들은 끝까지 몸에서 자란 것들을 먹기를 거부했죠. 하지만 버섯들이 있으면 죽지도 미치지도 않아요. 우리는 이 버섯들을 신이 주셨다고 생각해요. 죽음을 앞둔 미물들의 간곡한 기도에, 신이 응답한 것이라고요."

라트나는 청년의 말을 들으며 생각했다. 혹시 마을 사람들의 몸에서 자라는 버섯에는 침투된 식물이 유발하는 광증을 해결할 수 있는 물질이 있는 것일까. 그러나 라트나는 섣부른 판단을 경계하며 고개를 저었다. 그렇게 생각하기에는, 사람들의 몸에서 자라는 버섯의 종류가 너무나 다양하다. 그 모든 버섯이 동일한 효과를 내는 물질을 생성할 리가 없다. 게다가 청년이 거짓말을 하거나, 왜곡된 진실을 믿고 있을 가능성도 충분하다.

"정 그렇다면 알겠습니다. 시간이 얼마 없으니, 진료를 시작하지요. 그 끔찍한 버섯들은 우선 내버려두고요."

라트나는 그날 온종일, 밤이 깊어질 때까지 청년의 집 앞에 마련된 자리에서 진료를 보았다. 마을 사람들이 찾아와 라트나에게 호소했다. 머리가 지끈거린다, 콧물이 난다, 근육통이 느껴진다…… 그런 일상적인 증상부터 정말로 심각해 보이는 중증의 징후까지, 온갖 호소가 쏟아졌으나 기이하게도 일관적인 점은 그들 대부분이 피부에 자라는 버섯에 대한 언급을 꺼린다는 것이었다.

라트나가 보기에 이 버섯들은 결코 무해하지 않았다. 그것들은 매우 치명적인 피부병과도 같아서, 자라나는 동안에도 피부를 끊임없이 찢어 통증을 일으킬 뿐만 아니라 습진, 염증, 두드러기 등의 증상을 동반했다. 사람들이 자세히 보여주는 것을 꺼려해 피부 안쪽까지 살피기는 어려웠지만, 장기까지 침투했으리라고 짐작이 되었다. 그렇다면 이곳 마을 사람들이 버섯 때문에 경험하는 고통은 절대 가볍지 않을 터였다. 양분을 빼앗으며 자라는 버섯들은 마을 사람들을 비쩍 마르게 하고, 급속도로 노화하게 만들었다. 아직 앳된 청년들조차도 얼굴 살이 빠져 퀭해 보였고 머리가 희게 세어 있었다. 그럼에도 사람들은 라트나가 자신의 증상과 버섯의 증식을 연관 지으면, 금기라도 발설한 것처럼 화들짝 놀라며 고개를 저었다.

"아닙니다. 이걸 없애달라는 게 아니에요. 그냥 두통이 심해서 약을 좀 얻으면 좋겠다는 겁니다. 이것과는 상관없어요."

그날 마지막으로 찾아온, 극심한 편두통 때문에 일상생활이 어렵다는 한 노인을 진찰하면서 라트나는 노인의 머리카락에 엉켜 있는 기묘한 실끈 같은 물질들을 발견했다. 처음에는 하얗게 센 노인의 머리카락이 빠진 것으로 생각했는데, 자세히 살펴보니 아니었다. 그것은 일종의 균사체였다. 라트나는 그것을 샘플병에 넣으며 말했다.

"이곳 분들은 유독 흰머리가 많군요. 아까 보니 청년들도 그렇고 말입니다."

노인도 고개를 끄덕였다.

"그렇습니까? 다들 이런 오지에서 고생을 해서 그런지……."

그러더니 노인은 무언가 잘못 말하기라도 한 것처럼, 얼른 한마디를 덧붙였다.

"그래도 침투 이후에 이 정도라도 삶을 이어가는 건, 그저 감사해야 할 일이지요. 우리는 늘 감사한답니다. 이 버섯들에게요."

*

날이 밝으면 바로 떠나기 위해 라트나는 짐을 꾸리고 있었다. 잠든 줄 알았던 청년이 문을 열고 거실로 나왔다. 라트나는 청년에게 눈인사를 하고 마저 짐을 정리했다. 물을 좀 마시거나 화장실에 들르는 것이겠거니 했는데, 청년은 라트나에게 할 말이 있는 것처럼 식탁에 와서 앉았다.

"오늘 하루 도움 주셔서 고마웠습니다."

라트나가 의례적인 감사 인사를 전했다. 하지만 청년이 한 말은 뜻밖의 질문이었다.

"당신, 사실은 의사가 아니지요?"

라트나는 당황했지만, 표정을 굳히는 대신 침착한 태도를 유지하며 물었다.

"왜 그런 생각을 했습니까?"

"소문을 들었거든요. 격리 도시를 세운 사람들이 파견자들을 세계 곳곳으로 보낸다고요. 여러 직업으로 위장하지만, 실제로 그들이 하는 일은 아주 비밀스러운 임무인데, 그것이 무엇인지는 아무도 모른다고……. 하지만 그들이 머물렀다 떠난 지역에는 끔찍한 일이 일어나는 경우가 많다고 하더군요. 이 마을도 그렇게 만들 겁니까?"

라트나는 웃음을 터뜨렸다. 그 웃음에도 청년은 굳은 표정을 풀지 않았다. 라트나는 청년의 얼굴을 살피며 입을 열었다.

"재미있는 소문이네요. 그렇게 의심하는 것도 이해가 되는군요. 실제로 저는 의사가 맞지만, 여기에 온 것은 개인적인 연구 목적도 있답니다. 침투 이후에 나타난 새로운 질병들을 연구하고 있지요. 그렇지만 당신이 말한, 끔찍한 일을 퍼뜨리고 다니는 그런 수상한 사람은 아니에요."

"당신이 정말 의사라면…… 앞으로 우리 마을 사람들을 어떻게 할 생각입니까? 버섯들이 질병이라고 생각해요?"

청년의 얼굴에는 경계심이 어려 있고, 라트나는 그를 마주본다.

"글쎄요. 정말 질병이라면 오히려 상관이 없죠."

"그게 무슨 말입니까?"

"자연적으로 발생한 질병이라면 그건 당신들만의 고통으로 그치겠지요. 하지만 만약 이 버섯들이 침투 때문에 발생한 외계종이라면, 당신들은 외계종의 숙주가 된 셈이니, 언젠가 다른 사람들로부터 처분될 겁니다. 오염된 식물과 다를 바 없는 존재가 된 것이니까요. 물론 이곳은 아주 외진 곳에 있으니 당분간은 모르겠습니다만, 외부와의 교류는 포기하는 게 나을 겁니다. 노출되면, 위험의 싹을 뽑기 위해 그들은 당신들을 죽이러 올 겁니다."

"그렇군요. 그럼 당장 할 수 있는 일은 없는 거군요……. 이 버섯이 지구에서 나타난 것인지, 외계에서 온 것인지 우리는 구분할 방법이 없으니까요."

"혹시 날 죽이겠다는 생각은 안 해봤나요? 정말 나를 파견자로 의심하고 있다면요."

라트나가 그렇게 묻자 청년은 담담한 얼굴로 라트나를 쏘아본다.

"조금 전까지 각오했습니다만, 지금은 소용 없으리라는 생각도 듣니다. 이런 산골에 있는 저도 들을 정도의 소문이라면, 그 파견자라는 사람들은 웬만한 공격에는 대비된 것이겠지요. 게다가 당신이 돌아오지 않으면 또 다음 파견자를 보낼 거고요."

"세상 일이 다 그렇게 착착 돌아가는 건 아니지만, 그리 생각했다니 저에게는 다행이네요."

라트나의 농담 같은 말에도 청년은 어두운 표정으로 자신의 피부에 돋아난 버섯들을 바라본다. 아마 그들도 스스로를 의심해보았을 것이다. 갑자기 인간의 피부에 자라나기 시작한 기이한 버섯들. 그것들은 대침투 이후에 지구의 식물들을 오염시키기 시작한 외계의 식물들과 비슷한 존재일지도 모른다고.

"당신은 이 버섯들이 정말로 외계에서 온 거라고 생각합니까? 우린 뭘 해야 살아남을 수 있죠?"

"꼭 그런 결론이 날 거라는 얘기는 아닙니다."

"무슨 뜻입니까?"

"한 가지 재미있는 이야기를 들려드리지요."

라트나가 싱긋 웃으며 말한다.

"제게는 아주 오랜 친분을 쌓은 생물학자가 한 명 있습니다. 지금은 어디에 가 있는지 모르지만, 작년까지만 해도 어떤 늪에 아주 관심이 많아 수시로 그곳으로 향하곤 했어요. 그 녀석이 늪에 사는 기이한 생물체들에 대해 알아낸 사실은 매우 흥미로웠습니다. 늪의 생물체들은, 놀랍게도 지구의 균류와 유사한 구조를 지닌 동시에 그 연결망으로 일종의 집단 지능을 구축하고 있었어요. 기존의 생물학으로는 도저히 이해할 수 없는 생물들이었지요. 우리는 그것들이 분명히 외계에서 왔을 것이라고, 대침투와 함께 지구에 도착했을 것이라고, 아니면 적어도 외계에서 온 무언가에 오염되어 그렇게 지능을 갖도록 변형된 것이라고 확신했습니다. 지금껏 지구에서는 발견된 적 없던 생물이었으니까요."

라트나는 어리둥절한 얼굴을 한 청년을 보며 이야기를 이어간다.

"그런데 한참이나 연구가 이어진 끝에, 우리는 한 가지 기묘한 결론에 도달했어요. 어쩌면 우리의 가설이 틀렸을지도 모른다는 결론이었지요. 그것들은 외계에서 오지 않았어요. 원래부터 늪에 살고 있던 겁니다. 오래전부터, 지구가 외계종으로 오염되기 훨씬 전부터요. 우린 지구를 제대로 관찰하지 않았기에 지금까지도 그 사실을 알아차리지 못했던 거예요. 아이러니하게도, 외계 식물들이 지구를 뒤덮어버리기 전까지는 그랬던 겁니다."

"그럼 당신은, 이 버섯들도 외계에서 온 것이 아닐 수도 있다고 말하는 겁니까? 아니…… 그건 그렇게 중요하지 않습니다. 우린 어찌 되었든 이 버섯들을 포기할 수 없으니까요. 상부에 우릴 처분하라고 알릴 겁니까?"

청년의 다급한 질문에, 라트나는 파견자들에게 내려진 지령을 생각한다. 침투체를 더 증식시키거나 퍼뜨릴 가능성이 있다면, 제거할 것. 그게 라트나에게 직접 손에 피를 묻히라는 뜻은 아니다. 예를 들어 라트나는 조금 전 마을 사람들에게 나눠준 알약을 지연성 독약으로 대체할 수도 있었다. 몇 달쯤 뒤에 이곳에 의문의 전염병이 돌게 어딘가에 지뢰를 심어놓고 갈 수도 있다.

하지만 라트나는 그렇게 하지 않는 편이 낫겠다고 생각한다.

"버섯이 광증을 막아주는 것 같다고, 당신은 말했었죠."

라트나는 청년을 보며 말한다.

"제가 보기에는 아닙니다. 버섯은 그냥 표면 위로 드러난 그것들의 자실체일 뿐이에요. 단서를 하나 드리겠습니다. 당신들에게 유독 많이 자라나는 그 흰머리, 그걸 그대로 내버려두세요. 어차피 흰머리 따위에 신경 쓸 정도로 한가해 보이는 사람은 여기 없는 것 같지만."

청년은 여전히 이해 못 하겠다는 표정을 짓고 있지만, 라트나는 대화를 끝내고 배낭을 어깨에 짊어진다. 생물학자 오웬이 발견한 어느 늪의 집단 지능을 지닌 균사체 연결망, 그리고 오염으로 인한 광증을 막아주는 버섯. 그것들은 근본적으로 비슷한 작동 원리를 지녔는지도 모른다. 그렇다면 버섯의 아래에서 퍼져나간 균사체들은 이미 그들의 뇌로도 퍼진 지 오래일 것이다. 그러나 그것을 모두 말해줄 필요는 없다고, 라트나는 생각한다.

라트나가 배낭을 짊어지고 문을 나서 마을 입구로 향하는 동안, 청년은 말없이 라트나를 따라온다. 도대체 언제까지 따라올까 의문이 들 무렵, 그 자리에 멈춰선 청년이 라트나를 향해 말한다.

"파견자들. 당신들이 오염 구역에 남은 인간들을 실험하고 고문한다고 들었습니다. 그건…… 잘못되었습니다. 당신은 거기 동조하고 있는 거예요."

청년은 라트나가 파견자라고 거의 확신하는 듯하고, 라트나는 이제 굳이 부정하지 않는다.

"그럴지도 모르지요. 제가 옳은 일을 한다고 생각하지는 않아요."

청년이 라트나를 쏘아보지만, 다음 순간에는 조금 누그러진 태도로 말한다.

"혹시 그곳이 지겨워져서 떠나고 싶다면, 숨을 곳이 필요하면, 다시 이곳을 찾아와줘요."

뜻밖의 말에 라트나는 고개를 갸웃하며 묻는다.

"나는 진짜 의사가 아닌데도요?"

"상관없어요. 우린 사람이 더 필요하고, 이 버섯들에 대해 더 알아낼 영리한 사람이 필요해요. 무엇보다 아이들을 가르쳐줄

교사도 필요하고요. 나도 여기서 아이들을 가르쳐요. 여긴 공용어를 할 줄 아는 사람이 많지 않아서요."

버섯으로 뒤덮인 아이들에게도 공용어를 가르쳐야 한다고 말하는 청년을 보면서, 라트나는 기이한 기분에 휩싸인다. 라트나는 대답하지 않고 걸음을 옮기지만, 청년은 여전히 그 자리에 붙박여서 라트나를 바라보고 있는 것 같다.

새벽의 찬 공기, 안개와 어스름이 섞인 산길을 따라 내려오면서 라트나는 문득 생각에 잠긴다. 혹시 이 마을에 또 다른 파견자가, 아니…… '동조하지 않는' 파견자가 또 찾아온 적이 있었을까.

라트나는 궁금해하며 안개 속을 걸어 마침내 자신이 타고온 트럭을 발견한다. 운전석에 가이드가 침을 흘리며 잠들어 있다.

"이봐요."

가이드가 화들짝 놀라며 잠에서 깨어난다.

"출발하죠. 이번에는 내가 운전할게요."

트럭의 시동이 켜진 다음에도 라트나는 아직 생각에 잠겨

있다. 하지만 너무 오래 지체할 수는 없다. 그에게는 다음 목적
지가 있으므로.

지구의
다른 거주자들

휴게소는 조용하고 한적했다. 이따금 엔진 소리가 적막을 깨며 도로를 가로질러 갈 뿐이었다. 공터에는 화물차만 몇 대 주차되어 있었다. 영업 중인 가게는 보이지 않았다. 이렇게 외딴곳일 줄 알았다면 그냥 선배를 따라가겠다고 할걸. 다현은 낭패감을 느끼며 휴게소 건물로 걸어갔다.

허름한 화장실 앞에서 담배를 피우는 남자들이 보였다. 그 옆으로는 한때 통감자구이와 호두과자를 팔았던 가게의 흔적이 있었는데 지금은 영업을 중단했는지 모두 불이 꺼져 있었다. 그래도 설마 커피 한잔 사 마실 곳은 있겠지. 낡은 유리문을 밀면서 안을 둘러보았지만, 내부에도 별달리 눈에 띄는 것은 없었다. 과거에는 푸드 코트로 운영되었을 식당들의 자취만 남아 있었다. 문을 연 곳은 단 하나, 작은 매점뿐이었다. 그러니까 여기는 사실상 폐업 직전의 휴게소. 커피는 무슨, 플라스틱 의자에 뻣뻣이 앉아 생수라도 마실 수 있으면 다행인 셈이다.

포항에서 강릉 해양생물 연구소까지는 꼬박 네 시간 반이 걸렸다. 해도 뜨기 전인 새벽에 출발해야 했다. 오전에는 연구소에 새로 도입했다는 최신 장비를 구경하고, 노이즈 없이 깔끔하게 나오는 측정 데이터에 감탄한 다음, 협력 연구를 하는 연구실에서 장비 사용법을 배우고 샘플을 건네받았다. 다음 일정은 인근 시의 대학 연구소 방문이었는데, 유진이 피곤해 죽겠다며 잠시 커피라도 구할 겸 들른 곳이 이 휴게소였다. 공터에 주차하자마자 연구소에서 다시 전화가 걸려오지 않았더라면, 얼른 마실 것만 사고 떠났을 것이다. 유진이 울상을 지으며 말했다.

"미안, 다시 연구소 가야겠다. 샘플 하나 빠뜨렸다고 아직 근처면 가져가래."

샘플 하나 정도는 택배로 받아도 될 것 같았지만, 오늘 꼭 챙겨와서 이번 주말에 실험 결과를 확인하는 게 낫다며 한숨을 내쉬는 유진을 보니 선택지가 없는 것 같았다. 다현이 안전벨트를 다시 매자, 유진이 턱짓으로 밖을 가리켰다.

"넌 여기서 기다려. 한 시간 정도? 얼마 안 걸릴걸."

"왜요? 같이 가요."

"멀미 심하잖아. 잠깐 맑은 공기라도 마시고 있어. 그 연구소 이상한 냄새가 좀 나긴 하더라."

다현은 미안한 기분이 들었다. 유리창에 비친 자신의 모습을 살폈다. 그렇게 얼굴이 창백한가? 조금 전까지 있던 연구실에서 끔찍한 냄새가 나긴 했다. 전날 배기후드에 문제가 생겼다는데, 정작 연구원들은 자주 있는 일인지 익숙해 보였지만 가뜩이나 멀미에 약한 데다 네 시간 넘게 차를 타고 온 다현은 속이 뒤집어질 뻔했다. 얼른 갔다 올 테니 쉬고 있으라고 유진이 거듭 강조한 탓에 다현은 얌전히 휴게소에 남기로 했다. 이렇게까지 아무것도 없을 줄 알았다면 그냥 같이 떠났겠지만.

매점에서 생수를 하나 사서 휴게소 바깥 의자에 앉았다가

삐걱거리는 소리에 기겁해 다시 일어섰다. 그래도 산이 있어서 경치는 좋았다. 이렇게 된 거, 선배 말대로 맑은 공기라도 마시자는 생각이 들었다. 일단 옆에서 담배를 뻑뻑 피우는 남자 무리에서 최대한 멀어지고 싶었다. 다현은 주위에 뭐가 있나 살필 겸 휴게소를 지나 주차장 뒤쪽으로 걸어가다가, 이상한 것을 발견하고 멈추어 섰다.

아주 이질적인 것이 그곳에 있었다. 휴게소에서 약간 떨어진 곳, 주차 안내선조차 없는 공터를 사이에 두고 뜬금없이 위치한 식당 하나가.

줄줄이 문을 닫은 식당들 옆에서 유일하게 영업 중인 가게였다. 식당은 무척 이국적인 외관을 하고 있었다. 들어가는 문은 한 사람이 겨우 들어설 수 있을 만큼 폭이 좁았고, 원색 페인트를 칠한 외벽은 우둘투둘한 돌의 질감이 그대로 드러나 있었다. 간판에 쓴 글씨는 알아볼 수 없었고 문 앞 작은 입간판에는 분필로 메뉴가 적혀 있었다.

오늘의 정식 1만 원

화물차들에 가려 일부러 관심을 두지 않으면 보이지 않을 위치였지만, 일단 그곳에 가게가 있다는 것을 알게 되자 도저히 외면할 수 없었다. 대체 왜, 이런 가게가 폐업 직전의 휴게소 옆에 있을까?

다현은 홀린 듯이 걸어갔다. 뭔가를 먹기 위해서가 아니라 안쪽을 들여다보고 싶었다. 정말 식당이 맞기는 한지, 왜 이런 곳에 가게를 열었는지 궁금했다. 창문으로 내부 조명이 켜진 것을 확인했다. 조심스레 문을 가린 커튼을 걷고 가게로 들어섰다.

내부는 밖에서 보던 것과는 달랐다. 다현은 이질적인 시공간에 들어선 것 같은 기분에 사로잡혔다.

바와 스툴, 기차 좌석처럼 생긴 사각 의자와 테이블, 체크무늬 타일 바닥, 벽을 장식한 네온사인. 어딜 뒤져보면 주크박스도 하나 나올 것 같은 인테리어. 그러니까 이곳은 외국 드라마에서 종종 등장한, 미국식 다이너였다. 정말이지 이상한 식당이라고밖에는 할 말이 없었다. 외관은 인스타그램에서 자주 볼 법한 가게인데, 내부는 미국 드라마에서 따온 것 같은 엉뚱한 조합을 하고 있는 데다가, 메뉴는 어떤 종류의 음식을 파는지 짐작도 되지 않는 '오늘의 정식'이라니.

"저기, 누구 계세요?"

사람이 없어서인지 점심이 아닌 애매한 시간대여서인지 음악은커녕 출입을 알리는 종소리 하나 들리지 않았다. 이따금 가게 밖에서 쌩하고 차가 도로를 지나는 소리가 들려왔고 그밖에는 쥐 죽은 듯 고요한 공간이었다. 심지어 음식 냄새도 나지 않았다. 요리는커녕 음식 재료를 준비한 흔적도 없었다. 진짜 식당이라기보다는, 식당 장면을 위한 세트장처럼 보이는 곳이었다.

다현은 영업하지 않는 가게에 잘못 들어왔다는 생각이 들어 걸음을 돌리려다가, 한 번 더 주인을 불렀다.

"사장님, 계신가요?"

갑자기 인기척도 없이 바 안쪽에서 여자 한 명이 나타났다. 다현은 소스라치게 놀랄 뻔했다. 다른 직원은 없는 듯했고 그가 사장인 것 같았다. 다현이 눈을 마주치며 인사하자, 사장이 물었다.

"식사하시는 거죠?"

"네. 지금 괜찮을까요?"

"그럼요. 편한 곳에 앉으시고요."

다현은 얼떨결에 바 자리에 앉았다. 정말로 뭔가를 먹으려고 했던 건 아닌데 무슨 귀신에 홀린 것 같았다. 가게 주인까지 불러버렸으니 이제 와서 나갈 수는 없었다. 사장이 생수병과 컵을 내어줬는데, 처음 보는 브랜드의 물이었다. 컵에 따라 마셨는데 약간 짠맛이 났다. 주문하려고 주위를 둘러보았지만 메뉴판은 보이지 않았다. 들어오기 전 입간판에 '오늘의 정식'이라고 적혀 있던 것이 떠올랐다. 사장이 바 자리에 냅킨을 채우며 말했다.

"메뉴는 따로 없어요. 오늘은 수제버거와 수프인데, 채식주의자들도 먹을 수 있어요. 대체육과 코코넛밀크를 사용하거든요. 괜찮으시죠?"

"아…… 네. 좋아요."

휴대폰 시계를 보니 오후 두 시 반, 점심 고객들이 모두 빠져나간 시각임을 감안해도 가게의 정적은 이상할 정도로 고요했

다. 유진에게 문자가 하나 와 있었다. '다현아 문제 생겨서 조금 늦을 것 같네. 느긋하게 기다려줘.'

고개를 들자 가게에 음악이 깔리기 시작했다. 낯선 리듬과 멜로디의 연주곡이었다. 스트리밍 차트에 있을 법한 곡은 확실히 아니었다. 반쯤 가려진 주방 안쪽에서 무언가 지글지글 굽는 소리, 식기가 달그락 부딪치는 소리가 들려왔고, 고소한 수프 냄새가 풍겼다. 사장이 약간 몸을 돌려 다현과 시선을 마주하며 물었다.

"어쩌다 오게 되셨어요? 이쪽 휴게소는 늘 운전기사분들만 들르거든요."

뭐라고 대답해야 할지 잠시 망설이던 짧은 찰나에 사장이 음료를 바에 내려놓았다. 누가 이런 외딴 가게에 오는 것일까 궁금했는데, 정말로 운전기사들이 주 고객인 걸까.

"그게, 출장 다녀오는 길에 잠시 문제가 생겨서 동행을 기다리고 있어요."

사장은 "그렇군요" 하고 다현 앞에 음료를 하나 내려놓고는 다시 주방으로 들어가 부산히 움직였다. 원래 다현은 가게 주

인과 이야기 나누는 것을 그다지 좋아하지 않는 편이지만 이
상하게 이곳 사장은 짧은 대화로도 마음을 편하게 만드는 무
언가가 있었다.

다현은 음료를 한 모금 마셨다. 자몽을 슬라이스 해서 넣은
탄산수였다. 단맛은 거의 나지 않았는데, 원래 단 것을 별로 좋
아하지 않는 다현에게는 마음에 들었다. 잠시 뒤 사장이 수프
가 든 그릇을 내어놓았다.

"크림수프예요."

수프 표면에는 거품 층이 두껍게 쌓여 있었다. 스푼을 들어
가져다 대자 액체가 아닌 거품을 한 스푼 떠올리는 질감이 느
껴졌다. 입으로 가져갔더니 보이는 질감과는 달리 진한 액체
수프였다.

"어떠세요?"

"좋아요."

사장은 다현의 단순한 반응에도 미소를 지었다. 다음으로
는 샐러드가 나왔는데, 플레이팅이 예쁘게 되어 있었고 먹어보
니 드레싱의 맛이 특이했다. 무언가 평범한 가게가 아닌 건 분

명했다. 역시 이런 곳은 유진 선배가 왔어야 더 좋아했을 텐데. 하나같이 정성 들인 음식 같았지만 다현은 좋은 음식을 구분할 만한 미각을 가지고 있지 않았다.

수프를 한 입 떠먹다가 주방 끝의 벽에 걸린 액자에 시선이 닿았다. 보란 듯이 내세워 걸어둔 것은 아니었지만 번쩍거리는 박이 입혀져 눈에 띄었다. 'Super-Supertaster!'라는 글자 밑에 웃고 있는 사장의 사진이 프린트되어 있었다. 배경에는 거대한 입술과 혀가 그려져 있어 액자 전체가 일종의 팝아트처럼 보였다. 다현의 시선을 눈치챘는지 사장이 말했다.

"초미각자 협회에서 받은 증서예요."

"초미각자 협회요?"

무슨 초능력자 협회처럼 낯설고 비현실적인 단어였다.

"뛰어난 미각을 가진 사람들의 협회예요."

사장은 자부심을 담아 말했다. 다현은 당황스러우면서도 사장이 말하는 초미각자 협회가 대체 뭔지 알고 싶어 사장의 이어지는 이야기에 귀를 기울였다. 그는 세계 곳곳에 지부가 있다는 초미각자 협회에 관한 이야기를 늘어놓기 시작했다. 사람들 사이에는 시력이나 청력이 월등히 좋은 사람들처럼 월등한 미각 기능을 보유한 초미각자들이 있다. 초미각자 협회는 그중에서도 독보적인 미각을 가진 이들의 동호회 같은 개념이라고 했다. 그 특성상 모인 사람들이 요리나 식문화에 관심이 많아 다른 단체나 레스토랑에서 자문을 구하는 일도 없지는 않지만, 기본적으로는 전문적인 업무를 수행하기보다 특이한 미감각자들의 친목 모임에 가까웠다.

　"초미각자라는 건 음식을 즐기기에 그렇게 좋은 특성은 아니에요. 보편적인 사람들에 비해 맛에 훨씬 예민한 거니까, 오히려 대부분의 음식을 즐기기 힘들어지죠. 약간 쓰게 우려진 홍차를 못 먹겠다고 뱉어내는 사람은 없잖아요. 그런데 초미각자들에게는 그 정도의 쓸쓸함도 견딜 수 없는 맛이 되거든요. 협회에 모인 사람들은 그래도 자신의 미각에 자부심이 있어서, 음식과 관련된 일을 주로 했어요. 재능을 살려 식품업계나 외식 분야에서 일하는 사람들도 많았고, 모이면 늘 저녁 내기를 위해 음료 브랜드를 알아맞히는 블라인드 테스트를 했어요. 가위바위보 게임처럼. 절대 식당에 초청하고 싶지는 않은 친구들이었지만요."

사장이 그렇게 덧붙이며 웃었다. 다현에게는 완전히 다른 세계처럼 느껴지는 이야기였다.

"정말 신기하네요……. 저는 상상하기 힘들어요."

다현은 사장이 말하는 초미각자들과는 완전히 반대로, 엄청나게 둔한 미각을 지녔다. 친구들에게 늘 '너는 혀가 없느냐'며 타박을 듣곤 했다. 아무래도 유전인 것 같았다. 다현의 부모님도 요리만 했다 하면 매번 못 먹을 음식들을 만들어낸다며 잔소리를 들었다고 하니까. 덕분에 다현의 본가에는 무가당 시리얼만 잔뜩 쌓여 있었다.

수프를 한 입 더 떠먹었다. 확실히 초미각자가 만든 수프여서 뭔가 맛이나 식감이 다른 것 같기는 했다. 다현에게 그것을 느낄 재능이 없다는 점이 아쉬웠다.

"간단한 테스트를 거치면 초미각이 있는지 알 수 있어요. 이따 해보실래요? 요즘은 민트 껌 키트를 쓰거든요."

사장이 친근하게 제안했지만, 다현은 웃으며 거절했다.

"안 해봐도 뻔해요. 저는 미맹이에요."

초면인 사람에게 이런 이야기를 하는 것은 처음이었다. 그렇지만 다현은 사장이 시작한 초미각자 이야기가 흥미로웠고, 이 대화를 더 이어가고 싶었다.

"사실 수고해서 차려주신 음식 앞에서 이런 얘기하기 죄송하지만, 저는 음식에서 맛을 잘 못 느끼거든요. 무슨 음식이든 그저 그렇게 느껴진다고 해야 할까요. 맛있다는 감각을 살면서 느껴본 적이 없어요. 친구들은 저보고 정말 맛있는 걸 못 먹어봐서 그렇다며 여기저기 유명하다는 식당에 데려가는데, 그냥 그 정성이 고마워서 맛있게 먹은 척은 해요. 맛은 못 느끼지만 맛있다는 반응을 잘하는 사람이 되었죠."

다현은 미식과는 정말로 연이 없었다. 사람들이 수십만 원을 내고 먹는다는 레스토랑에 가본 적도 있지만, 왜 이런 것을 그렇게 비싸게 주고 먹는지 이해하기 힘들다는 결론을 내렸을 뿐이다. 공교롭게도 다현의 친구들은 모두 식도락가여서 지역 맛집을 꿰뚫고 있는데, 다현은 별생각 없이 집 근처 식당을 추천했다가 뭘 이런 곳을 추천하느냐고 욕을 먹은 이후로 음식에 대해서는 일절 입을 열지 않았다.

사장이 잠시 침묵하더니 무슨 말을 해야 할지 모르겠다는
듯한 표정을 지었다.

"아…… 그러시군요."

물론 식당 사장으로서는 음식에서 맛을 느끼기 힘들다는 손
님에게 딱히 할 말이 없을 것이다. 다현은 그래도 사장이 당황
하거나, 불쾌해하거나, 동정하는 태도를 취하지 않아서 다행이
라고 생각했다. 비슷한 이야기를 남들에게 하면 흔히 "불쌍해,
인생의 낙이 없겠다" 같은 반응이 돌아오곤 하니까. 인생에 다
양한 종류의 낙이 얼마나 많은데 말이다. 사장에게 선뜻 이야
기를 꺼낸 건, 초면이지만 그에게서 느껴지는 기묘한 신뢰감
때문이기도 했다.

하지만 다음에 사장이 덧붙인 말은 완전히 뜻밖이었다.

"어떡해요. 저랑 엄청 비슷하시네요."

"네?"

"저도요. 살면서 다른 사람이 해준 맛있는 음식을 먹어본 적
이 없어요. 이거 정말 슬픈 일인데."

다현이 그 말에 의아해하는 동안, 사장은 음식이 식겠다며

호들갑을 떨면서 주방으로 사라졌다가 다시 나타났다. 손에는 수제버거와 감자튀김이 담긴 접시가 들려 있었다. 사장은 접시를 앞에 내려놓았다. 다현은 겉모습만큼은 정말 훌륭한 수제버거를 보며, 비록 이번에도 특별한 맛을 느끼지는 못하겠지만 침을 꿀꺽 삼켰다. 그러고는 물었다.

"그게 무슨 말인가요?"

사장은 일단 식사를 하시라며 웃었고 다현은 나이프로 수제버거를 갈랐다. 적갈색 소스가 접시 위로 흘러내렸다. 사장의 이야기가 시작되었다.

"저는 초미각자이지만, 정확히는 남들과 다른 미각을 가진 사람이에요. 이를테면 다들 달콤하게 느끼는 초콜릿과 사탕의 맛이 제게는 아주 끔찍해요. 쓴맛을 달게 느끼고 짠맛을 쓰게 느끼는 거죠. 물론 이런 식으로 간단하게 설명할 수는 없지만, 어쨌든 미각이 보통 사람들과는 달리 변형되어 있고, 그러면서도 아주 예민한 거예요. 그러니까 고통스러울 수밖에요."

다현은 고개를 끄덕였다. 사장처럼 맛을 예민하게 구분하는 것은 아니었지만 다현에게도 비슷한 고충이 있었다.

"저도 약간 그래요. 초콜릿이랑 디저트 별로 안 좋아하고요. 그럼 남들이 맛있다고 하는 음식도 다르게 느끼시겠네요?"

"그렇죠. 정말 아주 가끔, 나쁘지 않게 먹었던 음식들이 있지만, 그것조차 '맛있다'고 생각한 건 아니었어요. 분명 어릴 때는 뭔가 맛있는 음식을 먹었던 기억이 있는데, 자란 이후에는 경험해본 적이 없었죠."

미각이 뛰어나지만 동시에 변형되어서 오히려 음식을 즐길 수 없다니, 놀라운 이야기였다. 그러면 그렇게 다른 입맛으로 어떻게 보통 사람들을 위한 식당을 운영하는 걸까? 왜 하필 식당 주인이라는 직업을 택한 것일까? 다현의 의문에 대답하듯 사장은 이야기를 이어갔다.

"어쩌면 그 사실을 알았을 때 그냥 포기할 수도 있었을 거예요. 단지 생존을 위해 음식을 먹는 것이라면요. 아주 괴롭지는 않은 정도의 음식들을 찾아내 먹거나, 아예 아무 맛이 느껴지지 않는 캡슐식을 먹거나 하는 것도 가능했겠죠. 그런데 제게는 그게 일종의 도전 과제가 되었어요. 인생은 기니까, 어떻게든 한번은 맛있는 음식을 찾아내겠다고 결심한 거예요."

그렇게 말하는 사장의 표정이 매우 결연해 보였다.

"처음에는 식품 회사에 들어갔어요. 1인 가구를 위한 간편식을 개발하는 회사였는데 시제품 단계에서는 온갖 식재료와 가공 음식과 참고할 기존 요리를 맛봐야 했어요. 하나같이 끔찍하게 맛이 없었지만, 오히려 일이라고 생각하니까 슬프지 않더라고요. 세계 곳곳으로 출장을 다닐 기회도 많았죠. 그게 좋았어요. 어떤 나라의 식문화도 저에게는 맞지 않다는 걸 알게 됐거든요. 세상에서 제일 고약한 맛이 난다고 소문난 음식들을 일부러 찾아다녔어요. 블랙 푸딩, 생선 젤리, 곪은 계란…… 흔히 괴식이라고 부르는 것들은 한 번씩 다 먹어봤죠. 그런데 잘못 생각했어요. 지구인들 입맛에 안 맞다고 해서 제 입맛에 맞는 것은 또 아니니까."

다현은 사장의 괴식 여행기가 궁금해졌지만, 지금 듣기에는 비위 상하는 이야기일 것 같기도 했다. 사장은 즐거운 듯 말을 이었다.

"몇 년간 실패를 경험한 다음에는 생각이 좀 바뀌었죠. 이렇게 된 거, 다른 종의 입맛을 연구해봐야겠다고요."

사장은 그 이후 식품 회사를 그만두고 반려동물의 사료를 만드는 회사에 취직한 이야기를 들려주었다. 인간을 위한 음식이 아니라 동물들을 위한 음식이 더 자신의 입맛에 맞을 수도 있다는 엉뚱한 생각을 한 것이다. 사료 회사에서는 다양한 반려동물의 기호에 맞추기 위해 사료의 식감과 맛을 분석하는 시식가들을 고용하고 있었다. 연구실에서 영양 성분을 고려해 적절히 배합한 시제품을 만들면, 시식가들이 실제로 사료 시제품을 먹어보고 냄새와 질감, 점도, 맛을 평가하는 일이었다. 기계로 정량화하여 분석할 수 없는 특성들이 있었다. 사장은 그 일을 매우 잘해냈다고 한다.

"하지만 역시 맛은 없었어요."

사장이 어깨를 으쓱했다.

"알고 보니, 동물들은 인간보다 맛을 훨씬 뭉뚱그려 인식한다는 거예요. 인간보다 시각이나 후각이 뛰어난 동물들은 꽤 많은데, 하필 미각만은 인간에게서 가장 극적으로 발전했다는 거죠. 그건 인간에게만 날숨 경로가 있기 때문인데, 음식을 삼켰을 때 입안에서 목의 뒷부분을 지나 코 안쪽으로 들어오는 냄새는 오직 인간만이 인식할 수 있대요. 동물들은 킁킁거려서 냄새를 맡을 수는 있지만 입안의 음식에서 향미를 느낄 수는 없다는 거죠. 동물들에게 인간처럼 요리 문화가 있는 것도 아니니 정말 그런가 보다 싶었지만, 가능하다면 직접 물어보고 싶기는 했어요. 정말 그럴까, 혹시 반려동물들이 인간의 끔찍한 요리 실력을 그저 봐주고 있는 건 아닐까 하고요. 어쨌든 그곳에서 먹은 것 중에는 도마뱀을 위한 사료 분말이 그나마 제게는……. 재미있는 일이긴 했지만, 원래 목적을 달성하지는 못했어요. 사료 테스트를 위해 강아지들을 자주 본 게 마음의 위안이 되었죠."

"그래도 엄청 부지런하셨네요."

다현은 감탄하며 말했다. 다현도 맛있는 음식을 먹어본 적이 없었지만, 같은 경험의 결과로 다현은 음식에 전혀 관심을 두지 않게 된 반면 사장은 그것을 놀라울 정도로 부지런한 탐구 과정으로 이어갔다는 것이 신기하기도 재미있기도 했다.

"덕분에 한 가지 단서를 얻긴 했죠. 문제는 개별적인 입맛의 차이가 아니라, 종의 차이일 수도 있다는걸요."

사장의 그 말은 좀처럼 이해할 수 없었는데, 다현이 묻기도 전에 사장이 입을 열었다. 어느새 수제버거는 반 정도가 남았고 다현은 조금 배가 불렀다.

"집에 들렀다가 뜻밖의 단서를 얻었거든요."

"집이요?"

"저희 어머니였어요."

눈을 반짝이며 이야기하는 사장을 보면서 다현은 신기할 정도로 요리에 관심이 없는 자신의 어머니를 떠올렸다. 그나마 아버지 쪽이 가끔 요리를 했지만 맛이 신통치 않았던 것을 생각하면, 역시 다현의 미맹 유전자는 부모님으로부터 온 것이 분명했다.

"제가 밖에서 뭘 하고 다니든 굶어 죽지만 않으면 아무래도 상관없다는 분인데, 한번은 오랜만에 집에 들러 몇 년간의 제 모험기를 들려드렸더니 깔깔 웃으시는 거예요. 그러고는, 제가 그렇게 먹을 거에 집착할 줄은 몰랐다고 하셨죠. 일찌감치 포기할 줄 알았다고요. 왜 그렇게까지 말하시는 걸까 궁금하던 차에 어머니가 이렇게 말하셨어요."

사장은 다른 목소리를 흉내 냈다.

"우린 지구인들과는 입맛이 달라. 아쉽지만 어쩔 수 없지."

다현은 먹던 감자튀김을 접시에 떨어뜨렸다. 방금 그거, 농담이겠지? 하지만 그렇게 이야기하는 사장의 눈빛은 장난기 어려 있으면서도 매우 진지했고, 입가에는 단호한 미소를 머금고 있었다. 다현은 어색하게 웃었다.

"어머니가 재치 있으시네요."

"맞아요. 믿지 않아도 상관없어요. 저도 처음에는 치매에 걸리셨는지 걱정했고, 나중에는 그냥 재미있는 장난이라고 생각했거든요. 하지만…… 곰곰이 생각해볼수록, 이상한 점들이 드러났어요. 저는 한 번도 조부모를 본 적이 없어요. 친척들도요. 어린 시절 제 머릿속에 있던 기억들도 생생한데 그날 그 이야기를 듣기 전까지는 전부 상상이라고 여겼던 것 같아요. 여행 중에 지구에 불시착하던 순간이나, 인간을 흉내 내서 외형을 다듬던 순간, 그런 것들을요."

어디까지가 진실이고 어디서부터가 농담일까? 애초에 초미각자라는 것부터가 그럴싸한 농담이었던 건 아닐까?

"대학에서 가르치는 외계 생물학 기초 교재에도 있는 내용이더라고요. '만약 우리가 공통 조상을 가진 유사한 생명체들이라고 해도, 서로 다른 환경에서 진화했다면 미각이 매우 다를 것이다. 미각은 모든 감각 중에서도 문화와 환경에 따라 가장 다르게 발달하는 감각이다.' 물론 그 교재는 우리가 아직 만나지 않았다는 것을 전제로 추정하고 있었지만…… 제가 맛을 느낄 때 필요한 특정한 종류의 아미노산이 지구에는 자연적으로 존재하지 않는다는 사실도 알게 됐죠. 어머니가 괜히 매일 영양제처럼 보이는 캡슐을 챙겨 드시던 게 아닌 거예요. 그건 지구인과 우리가 함께 음식을 나눠 먹을 수는 있어도 함께 음식을 즐기기는 힘들 것이라는, 슬픈 선언에 가까웠어요."

다현은 이제 재미있는 음모론을 듣는 기분으로 사장의 이야기에 귀 기울이기 시작했다.

"초미각자 협회에 가입한 건 어쩌면 그곳에 함께 불시착한 과거의 동료들이 있을지도 모른다는 생각 때문이었어요."

"그래서 협회에는 외계에서 온 동료들이 있던가요?"

"정작 의심 가는 사람들이 있어도 물어보기가 쉽지 않더라

고요. 몇 명 짐작은 갔죠. 그래도 결국 묻지 않았어요. 나중에
어머니가 말해주셨는데, 사실 지구에는 꽤 많은 다른 행성 출
신의 거주자들이 함께 살고 있대요. 대부분은 불시착으로 머무
르기 시작했지만, 살다 보니 아예 눌러앉은 거예요. 저는 출신
행성으로 가볼 수만 있다면 가고 싶은 마음이었지만요."

"말도 안 돼요. 다른 행성 출신이 그렇게 많다니…… 그럼 누
군가는 그 사실을 눈치채지 않았을까요?"

너무 농담이 과해지는 것 같아 다현이 웃으며 끼어들었다.
하지만 사장은 무척 진지한 눈빛으로 다현에게 물었다.

"당신들 꽤 예전에 이미, 펭귄 로봇을 만들지 않았어요?"

"펭귄 로봇이요?"

"남극 펭귄들을 조사하기 위해 만든 펭귄 모양의 카메라요.
자세히 살펴보면 다르게 생겼지만, 펭귄들은 정말로 자신의 동
료라고 생각했는지 성공적으로 집단에 합류했던데요."

"그렇죠. 하지만 모양이 그런 거지 그냥 카메라에 불과하고,
인간을 흉내 내는 건……."

"아직 우주로 진출하지도 못한 문명이 그런 걸 만들어낸다

면, 우주여행을 할 수 있는 문명에게는 더 쉬운 일 아닐까요?"

"그건 그래요…… 아니 근데, 그래도 좀……."

"믿든 말든 상관없어요."

사장은 씩 웃었다. 다현은 정말 혼란스러워졌다.

"어쨌든 다른 거주자들은 저처럼 돌아가고 싶다는 생각이 크지 않았던 것 같아요."

"왜죠?"

"글쎄요, 어디선가 입맛에 맞는 음식을 찾아냈나 보죠. 아니면 지구가 마음에 들어서 그냥 음식 정도는 참고 살고 있거나."

이 한적한 도로에 가게를 차리기 전, 사장이 마지막으로 가졌던 직업은 배양육 평가 연구원이었다고 한다. 다양한 조건에서 키운 배양육의 맛과 식감을 정량적으로 평가하는 일이었는데, 그가 굳이 그 자리로 옮긴 건 사료 시식가에 비해서 좀 더 인간의 미각에 대해 이해할 수 있지 않을까 하는 기대였다고. 당시까지만 해도 배양육은 맛이 없어 보편화되지 않은 식재료였다. 하지만 지금은 배양육의 맛이 크게 개선되었고 환경과 윤리적 이유를 고려해 거의 모든 고기가 배양육으로 대체된 상태였다.

그런데 그게 최근이라고 해도 이미 몇 년 전이니…….

당신, 나이가 대체 몇 살이에요? 하고 묻고 싶은 것을 다현은 참았다. 사장의 외모만 보아서는 다현 또래라고 해도 믿을 법한데 그렇게 많은 경험을 했다면 다현보다 스무 살은 많아야 하지 않을까. 한 사람이 그렇게 여러 직업을 거쳐온 것이 무척 놀라우면서도, 그 정도의 부지런함은 보통 사람이 아닌 다른 행성 출신쯤 되어야 가능한 게 아닌가 싶었고, 그러면서도 지구인에게 힘든 일을 외계인이 해내고 있다는 게 더 대단하게 느껴졌다.

"지구에 우리 행성 출신들이 꽤 자주 불시착한다고 들었어요. 유명한 관광지와 지구의 좌표가 비슷하거든요. 제대로 발음하지 않고 또 재확인하지 않으면 충분히 발생할 수 있는 사고죠."

사장이 어깨를 으쓱했다.

"그래서 처음에는 저와 같은 고통을 겪고 있을 동향 출신들을 위해 맛있는 요리를 만들고 싶었는데, 그들이 도대체 어디에 살고 있는지 알 수 없더라고요. 지구는 생각보다 엄청 넓잖아요. 의심되는 사람마다 붙잡고 외계 행성 출신이냐고 물을 수도 없고요."

다현은 저도 모르게 고개를 끄덕였다. 들을수록 묘하게 설득력 있는 이야기였다. 사장이 말했다.

"지금은 온라인에 '다른 입맛을 위한 레시피' 블로그를 운영하고 있어요. 외계에서 온 우리에게도 맛있는 음식이 필요한데, 아직 지구는 다른 입맛을 가진 사람들에게 너무 삭막한 곳이니까요. 누가 제 레시피에서 도움을 얻고 있는지는 잘 모르겠어요. 대신 레시피를 따라 했다가 끔찍한 쓰레기 요리를 먹었다는 지구인들의 댓글이 자주 달리죠."

방금 먹은 수제버거는 맛이 나쁘지 않았는데, 그런 댓글이 달릴 정도면 외계인의 입맛에 맞춘 요리는 아주 다른 맛이 나는 모양이었다. 다현은 웃으며 물었다.

"결국, 맛있는 요리를 찾아내셨나요?"

"그럼요."

사장이 자랑스레 말했다.

"지금 내어드린 음식들은 전부 지구인의 입맛에 맞춘 요리 예요. 하지만 다른 사람들을 위한 요리를 하지 않을 때는 저를 위한 요리를 개발하죠. 이제는 제법 맛있는 음식을 많이 만들 어내게 됐어요. 그리고, 아직 할 일이 더 남아 있어요."

사장이 그렇게 말하며 주방으로 걸어갔다. 가려진 주방 뒤쪽 에서 사장의 목소리가 들려왔다.

"지구인과 함께 먹었을 때도 꽤 나쁘지 않은 요리를 개발하 는 거예요. 아무래도 지구에는 음식을 나눠 먹는 행위에 특별 한 의미가 있잖아요?"

다현이 그 말을 듣고 싱긋 웃었다.

"요즘은 그렇지도 않은데요. 다들 혼자 먹는 걸 편하게 여기 고요."

사장은 다시 바 앞에 나타났다. 그는 디저트가 담긴 컵을 두 개 들고 있었는데 컵 하나를 다현의 앞에, 또 다른 하나를 자신 의 앞에 내려놓았다.

"그래도 가끔은 함께 공유할 맛이 필요할 거예요."

처음 보았던 수프처럼 거품 층이 두껍게 쌓여 있는 푸딩이었다. 희뿌연 색깔 때문에 구름처럼 보였다. 사장은 스푼으로 푸딩을 한 입 먹었다. 그는 만족스러워 보였다.

"제게는 아주 맛있어요. 지구인들은 보통 평범하게 괜찮은 디저트라고 생각하더라고요. 그래도 그게 어딘가요? 한번 드셔보세요."

다현은 사장이 했던 것처럼 푸딩의 여러 층을 한 번에 떠서 먹었다. 가장 먼저 거품의 짠맛이 느껴졌고, 다음에는 구름 같은 폭신한 식감과 달콤한 맛이 입안에 퍼졌다. 다현은 감격해서 말했다.

"정말 맛있어요. 정말로."

"고마워요. 입맛에 잘 맞다니, 다행이네요."

사장은 마지막 말을 덧붙이며 아주 약간 의심스러운 듯 다현을 살폈고, 이내 활짝 웃었다.

오랜 시간 사장과 이야기를 나눈 것 같았는데 가게에서 나왔을 때는 고작해야 한 시간 정도가 흘러 있었다. 가게에서 나오자마자 유진이 곧 휴게소에 도착한다는 전화가 걸려왔다. 알고 보니 해양생물 연구소의 직원이 바다에서 새로 발견한 독특한 무늬의 불가사리를 유진에게 보여준다고 붙잡아서 늦은 거였다.

다현은 유진에게 조금 전까지 머물렀던 이상한 가게에 관해서 이야기할까 하다가, 지금까지도 이해할 수 없는 일이지만, 어쩐지 말하지 않아도 될 것 같다는 생각이 들어 그냥 입을 다물었다.

한동안은 강릉에도 해양생물 연구소에도 다시 갈 일이 없었다. 일 년 뒤 유진과 함께 연구소에 출장 갈 일이 생겼을 때 다현은 일부러 휴게소에 들러야 한다고 고집을 부렸고, 유진은 의아해하면서도 다현의 말을 따랐다. 그러나 가게는 사라지고 없었다. 한때 가게가 있었다는 흔적조차 남아 있지 않았다. 휴게소는 이용자 수가 너무 적어 폐쇄된 모양이었다. 사장이 무슨 레시피 블로그를 운영한다고 했던 것이 기억나 검색을 해보았지만, 다른 사이트로 옮겨가 이제는 접근 불가능하다는 안내 문구만이 적혀 있었다. 마치 꿈을 꾼 것 같은 기분이었다.

이후로 다현은 가끔 끔찍한 요리를 만들어내는 사람들을 만날 때마다, 저 사람에게는 외계인의 유전자가 약간 섞여 있는 것은 아닐까 생각했다. 어쨌든 이곳이 다른 미각을 가진 거주자들에게 더 환대를 베풀 수 있는 행성이 된다면 좋을 것이다.

그리고 푸딩을 전보다 좋아하게 되었다. 예전에는 디저트라면 질색했는데, 이상하게 그날의 푸딩을 맛본 이후로는 왠지 먹을 만하다는 생각이 들었다. 푸딩이 맛있다는 카페 이야기를 들으면 일부러 찾아가보고, 편의점 신상품이 나오면 꼬박꼬박 사 먹어보곤 했다. 물론 그때만큼 완벽하게 마음에 드는 맛이 나지는 않았다.

그래도 어느 순간 다현은 인생의 쓴맛이라는 비유를 이해할 수 있게 되었고, 어디선가 그런 맛이 느껴진다는 생각이 들 때면 지구에 불시착한 외계인 사장과 나누었던 기묘한 점심을 떠올리곤 한다. 어쩌면 아주 오래전 다른 행성에서 스쳐 지나 갔을지 모르는 그와의 대화를, 그리고 구름을 한 스푼 떠먹는 느낌이었던 푸딩의 맛을.

그러다 보면 혀끝에 약간의 알싸한 단맛이 감도는 것 같기도 했다.

가장자리 너머

아래는 파견자 B-492100의 '파나모르 지역의 운무림 마을 조사 활동'에 대한 자동 의식 기술 보고서를 관리자 테드 AI가 2차 검토한 결과로, 검토자의 최종 의견을 요청하는 바입니다.

파나모르 산맥을 따라 …… 인간은 멸망을 향해 가고 있지만 …… 오염된 식물 …… 버섯 …… 파견자들 ……

＊원본 손상되어 일부 내용을 파악할 수 없음.
＊타 파견자에 대한 언급이 있음.

＊처분 조치에 대해 언급할 경우, 다음 처분 대상자로 선정될 가능성이 있음.

검토자 의견: 전문 삭제 및 재작성.
원본을 찾을 수 없으므로, 직접 작성한 보고서로 대체하도록 요청함.

...

[경고: 지금 사용 중인 워크인칩은 당국의 허가를 받지 않은 것으로, 폭파나 침식의 위험이 있으며, 규칙 C-3057 조항에 위배되는 불법 개조가 이루어진 것으로 보임. 즉시 제거할 것을 권고.]
[안내문 조회]

파견자 코드 B-492100에 대한 경고 조치.
위의 파견자는 파나모르 지역으로의 승인을 받고 이동하였으나, 파견 활동 시 규칙 A-2489에 해당하는 '자동 의식 기술 보고서 원본 유지 의무'를 어겼고, 규칙 D-072에 명시된 '수집 활동으로 인정되는 시료'의 기준에 미달하는 표본을 제출함으로써 저조한 활동 평가를 받음. 이에 따라 위의 파견자에게 1회 추가 경고 및 근신 처분을 내리는 바임.

. . .

[이 메시지는 일회성 전달물로, 읽는 즉시 메모리에서 삭제됩니다.]
[지금 읽으시겠습니까?]
[OK]
[패턴-불동조를 적용합니다.]

라트나, 괜찮아요? 지금 당신이 안전한 곳에 있기를 바라요. 지난번 보고서는 다행히도 내가 중간에 넘겨받아서 잘 수정했어요. 만약 내가 아닌 다른 사람 손에 넘어갔더라면 아주 위험했을 만큼, 재미있는 발견을 했더군요. 몸에서 버섯이 자라는 사람들이라니! 역시 당신이 이번 회의에 참석해야 했는데. 그래도 너무 노골적으로 보고서 전체를 삭제할 수는 없어서, 당신이 근신 처분을 받는 것까지 막지는 못했어요. 우릴 감시하는 테드 녀석이 워낙 악질이어야죠. 조금만 수상하면 꼬투리를 잡아대니, 원.

이번 회의가 열린 곳은 라트나도 잘 알만한 장소, 텍사스 밴혼 근처의 사막이에요. 2020년쯤, 지구가 이렇게 될 줄 아무도 몰랐던 시절에 순진한 프로그래머와 디자이너들이 만들어낸 '1만 년을 가는 시계'가 그곳에 있지요. 1만 년이 뭐람, 우린 수십 년 만에 몽땅 죽을 위기에 처해버렸는데 말이죠. 그래도 우리는 과거의 사람들을 존중하는 의미에서, 또 황무지의 오염 상태를 확인할 겸 그곳에서 불동조 파견자들의 회의를 열기로 했어요. 깊숙한 동굴 안에 들어서니 머리 위로 햇볕이 쏟아지고, 끝없이 느린 시계가 알아볼 수도 없는 속도로 움직이더군요. 하지만 그 수많은 기계장치가 계속해서 돌아가고 있다는 건 확실했어요. 1만 년 뒤에, 그 시계마저도 멈출 때가 되면 이

지구는 어떻게 될까요?

우린 동굴에서 당신과 유경, 그리고 오웬의 근황에 관해 이야기를 나누었어요. 안타깝게도 오웬은, 라트나 당신이 예측한 것처럼 '처분'된 것이 맞는 듯해요. 우리가 하는 일에는 늘 그런 위험이 도사리고 있지만, 그럼에도 유쾌한 동료를 잃는 건 정말이지 기분 나쁜 일이네요. 물론 오웬은 우리 쪽에 끼지 않았더라도 스스로 수명을 단축했을 법한, 다소 몸 사리지 않는 과학자였지만.

회의에서 우리는 점점 심해지는 본부의 사상 검증에 대응하는 방법도 논의했답니다. 당신도 알다시피, 본부에서는 우리 불동조 파견자들이 외계종을 일부러 퍼뜨리기 위해 파견자 네트워크에 침입한 거라고 의심하고 있어요. 그들은 이 '대침투'를 무슨 첩보전처럼 생각하고 있는 걸까요? 20세기 SF영화들이 인류의 뇌에 심어놓은 강한 편견을 일단 내려놓는다면, 지금 지구에 도착한 외계 식물들이 실제로 뭘 하고 있는지가 보일 텐데 말이에요. 그들은 그냥 식물로서의 일을 하고 있을 뿐

이죠, 그렇지 않나요? 우리는 그들과 싸우고 있는 처지지만, 그럼에도 외계 식물들이 인간의 정신을 섬세하게 지배해서 격리 도시를 파괴하려는 계획을 세우고 있다는 주장은……. 굳이 그런 결벽으로 내부자를 색출하지 않아도, 우리에게는 신경 써야 할 문제가 많은데 말이지요.

그래도 우리는 불동조 파견자들의 안전을 위한 여러 가지 암호법을 새로 만들어냈답니다. 지금 제가 라트나에게 보내고 있는 이 메시지도 그중 하나의 기법을 적용한 것이죠. 당신에게도 이 암호 작성법을 알려줄 수 있게끔, 다음 회의에서는 꼭 만날 수 있기를 바라요.

당신에게 전해야 할 또 다른 소식의 목록은 별첨된 회의 축약본을 참고하세요. 아참, 이젤로프가 격리 도시에서 도망친 클론 남자아이 한 명을 보호하고 있대요. 이 이야기를 굳이 따로 하는 이유는, 그 아이가 당신이 보낸 균사체 샘플을 보고 뭔가를 아는 듯한 반응을 보였기 때문인데요. 아직 그 아이와 제대로 대화를 나눌 수 있는 파견자가 없어서 이유는 잘 모르겠어요. 일단은 이젤로프와 유경이 아이를 교대로 보호하며 대화를 시도하려나 봐요. 소년을 잘 설득하면, 그놈의 복제소에서 일어나고 있다는 끔찍한 일들을 확인할 수 있을지도 모르죠.

다시 시계 얘기로 돌아가볼게요. 우리가 그 동굴에서 뭘 목격했는지 알아요? 놀랍게도 우리는 시계의 기계 부품들을 지지하는 수정 기둥을 감고 자라난 외계 식물을 발견했어요. 누가 찾아와 씨앗을 뿌렸을까요? 아니면 황무지마저도 파고든 외계 식물들이 그곳 동굴까지 들어온 걸까요? 어느 쪽이든, 지금 우리가 1만 년을 이야기하는 것이 터무니없다는 건 분명해요. 1만 년은커녕 수십 년도 지나기 전에, 우리는 이미 지금과는 완전히 다른 종이 되어 있겠죠. 이 지구의 풍경도 마찬가지일 거고요. 그건 어떤 모습일까요. 정말 본부에서 말하는 것만큼 끔찍하기만 한 걸까요.

파견자들은 그 침투를 최대한 늦추기 위해, 식물들의 전파 속도를 느리게 만들기 위해 세계를 돌아다니고 있지만, 또 어떤 이들은 차라리 침투에 적응하는 것이 더 낫다고도 말해요. 침투가 만들어낸 끔찍한 일들을 보면 그건 너무 순진한 이야기인 것 같다가도, 차라리 이 기막힌 외계종들과의 공생 방법을 찾아내는 게 나을지도 모른다는 결론에 도달하죠.

외계 식물들을 어떻게 대할 것인가. 그건 우리 불동조 파견자들 사이에서도 합의되지 않은 문제이지요. 당신이 지난 조사를 통해 제안한 것처럼, 기이한 균류와의 신경계 연합을 형성하는 것 역시 가능한 방법 중 하나일 거예요. 운무림 마을 사람들이 비록 보기에는 끔찍한 모습으로 살고 있다고 해도, 광증에 전혀 영향을 받지 않았다는 건 정말 흥미로운 발견이었어요. 혹시 그 사람들의 삶이 하나의 답일지도 모르죠. 지구에서 살던 버섯들에게 우리 뇌를 넘겨주고, 외계종 식물과는 적당히 타협하는 것 말이에요. 글쎄, 아마 본부에서는 끔찍하다고 여기겠지만……. 분명한 건 우리가 이대로는 살아갈 수 없다는 거예요. 우리는 이미 변형되었고, 처음으로 되돌아갈 수는 없어요.

지금 저는 라트나가 보내준 샘플을 큐브 안에서 키워보고 있어요. 아쉽지만 이 균사들은 큐브 안에서는 제대로 성장하지 않고, 연결망을 만들거나 집단 지능을 형성하는 것 같지도 않아요. 어쩌면 이 생물들도 그들 자신만으로는 완성되지 않는 건지도 모르겠어요. 늪이라는 환경과 운무림이라는 환경. 그게 있어야만 이 생물들은 정말로 기능할 수 있는 것일지도요. 우리가, 인간이 그런 것처럼 말이에요.

아무튼 라트나, 당신을 다시 만날 날만을 기다리고 있어요. 지루한 근신 기간을 버티게 해줄 흥미진진한 드라마 시리즈를 보내줄게요. 과거 사람들이 우주여행에 대해 얼마나 많은 상상을 했는지를 한번 살펴봐요. 어떻게 온갖 물리학을 동원해 우주 저편으로 가기 위한 방법을 고안해냈는지를요. 우주라니! 지구를 반쯤 뺏겨버린 지금도 우린 이 행성에서 한 발짝도 못 나가고 있는걸요. 재미있지 않나요?

당신의 동료, 연우로부터.